Rolf Massin

Le Blanc et le Noir

Ferdinand Schöningh

45505

Dr. Rolf Massin: Studiendirektor, von 1977—1982 als «Conseiller pédagogique» in Obervolta

Linguistische Beratung:

Sylvie Beese
Renée Kibleur
Juliette van Duc

Umschlaggestaltung:

Verlag Ferdinand Schöningh, Grafisches Büro

Verlagsredaktion:

Almuth Sieben

> Vous trouverez des analyses détaillées, des réflexions didactiques et méthodiques ainsi que des matériaux supplémentaires dans le livre du professeur: Schöninghbuch 45506

© 1984 by Ferdinand Schöningh at Paderborn
München · Wien · Zürich
Printed in Germany
Herstellung: Ferdinand Schöningh, Paderborn

ISBN 3-506-45505-2

Table des matières

Vorwort

Die in einer Zeit zunehmender Öffnung, aber auch wachsender Abhängigkeit häufig benutzten Begriffe «Dritte-Welt-Problematik», «Nord-Süd-Dialog», Entwicklung, Zusammenarbeit erhalten in der erlebten Wirklichkeit Afrikas eine Bedeutungsklarheit, die betroffen macht und Eindruck hinterläßt.

Das Wahrnehmen des Nebeneinanders von Armut und Gleichmut, Ohnmacht und Fortschrittswille, Identität und Identitätsverlust hat mich dazu gebracht, aus der Menge zusammengetragenen Materials Dokumente zu wählen, die die Begegnung des Schwarzen mit dem Weißen festhalten, wertend oder auch nur beschreibend.

Meine Arbeit hat der Wunsch bestimmt, dieses Dossier möge mithelfen, Vorurteile abzubauen und die Bereitschaft zum Verstehen und zur gegenseitigen Achtung zu entwickeln.

Die Folge der einzelnen Themen und Themenbereiche — Macht, «Mischehe», Entwicklung, Kooperation, Tourismus — läßt sich, da Texte über die Epochen der Konfrontation (Sklavenarbeit, Kolonialzeit) einen angemessenen Raum einnehmen, am besten von der Chronologie bestimmen. So steht die «Traite négrière» (nach einer Geschichte über den Ursprung der Rassen) am Anfang des Heftes.

Die Notwendigkeit auszuwählen bedingt eine Wertung. So stellen die berücksichtigten Texte die Kolonialzeit als das dar, was sie ist: ein Unrecht. Der Hinweis auf die Verlockung, dank waffentechnischer Überlegenheit habe man in Afrika eindringen und sich dort festsetzen können, rechtfertigt noch weniger als die Betonung geleisteter Wohltaten das begangene Unrecht in Form von Demütigung und Zerstörung. So begründet sich der Verzicht im Schülerheft auf einen Bericht über verrichtete Bildungsarbeit, gelungene Impfkampagnen und realisierte Infrastrukturmodelle der Kolonisatoren.

Auch zu den Themen Entwicklungshilfe und Tourismus versucht die Auswahl mehr als eine Seite zu zeigen. Es gibt Almosen und Unterstützung, es gibt Unterschlagung und Hilfe, die den Bedürftigen tatsächlich erreicht. Hier ist der Europäer, der seinen Traumstrandurlaub genießt, da der kleine Afrikaner, der sich von ihm ein Feuerzeug erbettelt.

Fiktionale Texte stehen neben nicht-fiktionalen Beiträgen; weniger bekannte Autoren kommen ebenso zu Wort wie die auch bei uns anerkannten Schriftsteller Dadié, Loba, Oyono, Sembène.

Die Suche in Zeitungen, Zeitschriften, Reiseführern, unveröffentlichten Arbeiten, Aufzeichnungen etc. ist bestimmt gewesen vom Bemühen, eine Textsortenvielfalt zu präsentieren: Reportage, Interview, Analyse, Werbetext, wissenschaftliche Abhandlung, Auszug aus Roman und Hörspiel, Erzählung, Bericht, Brief, Gedicht, überlieferte Geschichte, Comic-Streifen.

Karte, Porträt, Foto, Plakat, Karikatur, Schautafel, Illustration sollen zur Anschaulichkeit beitragen und zur Diskussion anregen.

Zu jedem Text gibt es eine kleine Einführung inhaltlich-thematischer Art, Vokabelhilfen und Erläuterungen («Annotations») sowie einen Aufgabenblock («Sujets d'étude») mit Fragen zu Inhalt, Form und Urteil. Dieser Aufgabenkatalog versteht sich als Anregung zur Arbeit und ist ebenso wenig als obligatorische Vorgabe zu betrachten wie die gewählte Folge und die Anzahl der Themen und Texte.

Ich würde mich freuen, wenn Sie mir über Ihre Erfahrungen mit diesem Dossier und Ihre Kritik daran berichteten.

R. M.

1 Le oui et le non à la création

Pourquoi, dans ce monde, y a-t-il plusieurs races, pourquoi y a-t-il des Rouges, des Blancs et des Noirs?

L'histoire suivante qui fut racontée par un Vieux d'un village de la brousse ouest-
5 africaine, donne une réponse intéressante à cette question:

L'origine des races

Il y a longtemps, très longtemps, Allah créa les hommes et les femmes. Il les créa tous noirs — et ils vivaient ensemble.

Mais ils se disputaient tout le temps et allaient toujours trouver Allah, pour
10 qu'il leur rende justice.

Un jour, Allah en eut assez. Il décida d'y remédier. Il fit tomber une pluie diluvienne sur toute la terre, pendant que les hommes dormaient.

Quand ils se réveillèrent, ils virent que l'aspect de la terre avait changé. Ils se trouvaient sur des hauteurs, et à leurs pieds s'étendait une vaste étendue d'eau.
15 Les premiers à se réveiller et ceux qui étaient près de l'eau allèrent s'y baigner.

Quelle ne fut pas leur surprise en sortant de leur bain! Ils se virent méta-morphosés: ils avaient la peau lavée, et leurs cheveux étaient défrisés: ils étaient devenus des Blancs.

Ceux qui les virent ainsi se précipitèrent eux aussi dans l'eau, croyant pouvoir
20 se métamorphoser comme eux. Mais au fur et à mesure qu'ils s'avançaient, l'eau diminuait et devenait trouble, de sorte qu'en s'y baignant ils obtinrent une peau moins claire: leur peau était rouge.

Plusieurs jours après, arrivèrent ceux qui étaient éloignés de l'eau; ils ne trou-vèrent plus que de la boue. Ils y plantèrent la plante de leurs pieds et la paume
25 de leurs mains. Ces parties devinrent claires, mais le reste du corps demeura noir: ce furent les Noirs.

C'est pourquoi il y a des Blancs, des Rouges et des Noirs, qui ont la paume des mains et la plante des pieds claires.

Conte Dafing

Annotations

4 *le Vieux:* le Vieux de la grande famille africaine détient l'autorité suprême et prend les décisions im-portantes; il est le gardien de la tradition et transmet les histoires d'un clan, d'une famille — 4 *la brousse:* savane, campagne africaine — 9 *se disputer:* se quereller — 11 *en avoir assez:* ne plus vouloir, ne plus accepter — 11 *remédier à:* mettre fin à, trouver une solution au problème — 11 *la pluie diluvienne:* forte pluie — 14 *la hauteur:* colline, mont — 14 *vaste:* immense, étendu — 14 *l'étendue* (f.) *d'eau:* lac, mer — 15 *les premiers à se réveiller:* les premiers debout, les premiers à se lever — 16 *métamorphoser:* changer — 17 *cheveux défrisés:* cheveux plats, cheveux lisses — 19 *se précipiter:* se jeter — 20 *au fur et à mesure que:* in dem Maße, wie — 21 *diminuer:* contraire de: augmenter — 21 *trouble:* une eau qui n'est pas claire — 22 *clair:* presque blanc; ici: une peau moins brune — 24 *la boue:* vase (Schlamm, Morast) — 24 *la plante du pied:* face intérieure du pied — 24 *la paume de la main:* creux de la main — 29 *le conte:* récit, histoire — 29 *Dafing:* ethnie de la Haute-Volta

5

Sujets d'étude

1. Comment le conteur décrit-il la création? Que dit-il au sujet de l'intervention d'Allah?
   Comparez la première partie du conte africain avec les passages suivants tirés de la «Genèse» de l'Ancien Testament:
   Yahvé vit que la méchanceté de l'homme était grande sur la terre (. . .) Yahvé se repentit d'avoir fait l'homme sur la terre (. . .) Et Yahvé dit: «Je vais effacer de la surface du sol les hommes que j'ai créés (. . .), car je me repens de les avoir faits.» Mais Noé avait trouvé grâce aux yeux de Yahvé (Gn 6).
   Il y eut le déluge pendant quarante jours sur la terre (. . .) Les eaux montèrent de plus en plus sur la terre et toutes les plus hautes montagnes qui sont sous tout le ciel furent couvertes (. . .) Ainsi disparurent tous les êtres qui étaient à la surface du sol, (. . .) ils furent effacés de la terre et il ne resta que Noé et ce qui était avec lui dans l'arche (Gn 7).
   Etablissez des parallèles et trouvez des divergences.

2. Etudiez les trois explications suivantes:
   — Le changement que vivent les gens est une métamorphose morale. L'eau a une force purificatrice. Les premiers hommes étaient tous noirs, c'est-à-dire coupables; les premiers à venir se disculpent par l'eau purificatrice, les derniers à venir n'obtiennent qu'une absolution partielle; ils restent presque aussi coupables qu'avant.
   — De la métamorphose morale profitent le moins les hommes éloignés de l'eau. Le fait qu'ils plantent seulement leurs paumes et la plante de leurs pieds dans la boue signifie qu'ils n'ont besoin que d'une absolution partielle. Parmi les premiers hommes ils étaient les moins coupables.
   — Le fait que le deuxième groupe se jette aussi dans l'eau, manifeste son désir d'être pareil aux «Blancs». Dans la phrase «*Mais (. . .) l'eau diminuait et devenait trouble*» se révèle une détérioration des données; et la phrase «*ils ne trouvèrent plus que de la boue*» montre un autre aspect négatif. Le changement est une métamorphose purement épidermique: il s'en suit la conception d'une supériorité de la race blanche.
   Formez-vous une opinion en vous servant des théories présentées.

3. Les disputes du commencement ont-elles pris fin?
   Qu'est-ce que nous montre l'histoire à propos des relations entre les membres de la même race et à propos des relations entre les races diverses?

4. Quelle est, d'après vous, l'origine des races?

Je vous remercie mon Dieu

Dans cet extrait de la littérature orale, les témoins de la métamorphose se précipitent dans l'eau, car ils veulent être des Blancs comme les premiers.

5 Or, voici un poème de l'Ivoirien Bernard Dadié, poème dont le sujet est la gratitude d'un Noir qui, dans sa prière, dit merci à Dieu de l'avoir créé comme il est.

6

Je vous remercie mon Dieu

Je vous remercie mon Dieu, de m'avoir créé Noir,
10 d'avoir fait de moi
la somme de toutes les douleurs,
mis sur ma tête,
le Monde.
J'ai la livrée du Centaure
15 Et je porte le Monde depuis le premier matin.

Le blanc est une couleur de circonstance
Le noir, la couleur de tous les jours
Et je porte le Monde depuis le premier soir.

Je suis content
20 de la forme de ma tête
faite pour porter le Monde,
Satisfait
de la forme de mon nez
Qui doit humer tout le vent du Monde,
25 Heureux
de la forme de mes jambes
Prêtes à courir toutes les étapes du Monde.

Je vous remercie mon Dieu, de m'avoir créé Noir,
d'avoir fait de moi,
30 la somme de toutes les douleurs.
Trente-six épées ont transpercé mon cœur.
Trente-six brasiers ont brûlé mon corps
Et mon sang sur tous les calvaires a rougi la neige,
Et mon sang à tous les levants a rougi la nature.

35 Je suis quand même
Content de porter le Monde,
Content de mes bras courts
de mes bras longs
de l'épaisseur de mes lèvres.

40 Je vous remercie mon Dieu, de m'avoir créé Noir,
Le blanc est une couleur de circonstance
Le noir, la couleur de tous les jours
Et je porte le Monde depuis l'aube des temps.
Et mon rire sur le Monde, dans la nuit, crée le Jour.

45 Je vous remercie mon Dieu, de m'avoir créé Noir.

Annotations (pp. 6/7)

5 *l'Ivoirien* (m.): originaire de la Côte-d'Ivoire — 5 *Dadié, Bernard:* né en 1916 à Assinie en Côte d'Ivoire; auteur du roman «*Un Nègre à Paris*» (1959); nommé membre du Conseil exécutif de l'UNESCO en 1964, et en 1977 ministre des Affaires culturelles de la Côte-d'Ivoire — 6 *la gratitude:* reconnaissance — 7 *la prière:* paroles d'adoration, de respect, adressées à Dieu; demandes faites à Dieu — 14 *la livrée:* ici: vêtement porté comme signe extérieur caractéristique — 14 *le Centaure:* figure mythologique, moitié homme, moitié cheval, 16 *la circonstance:* occasion, ce qui n'arrive pas tous les jours — 24 *humer:* aspirer par le nez pour sentir — 31 *l'épée* (f.): arme faite d'une longue lame munie d'une poignée — 31 *transpercer le cœur:* faire passer l'épée à travers le cœur — 32 *le brasier:* feu de charbon, les charbons rouges, la braise — 33 *Calvaire (ou Golgotha):* colline, près de Jérusalem, où fut crucifié Jésus-Christ — 34 *le levant:* Est, côté de l'horizon où le soleil se lève

Sujets d'étude

1. Qu'est-ce que le Moi poétique veut exprimer en s'adressant à Dieu?

2. Comment le poète présente-t-il son sujet et quels moyens stylistiques emploie-t-il?

3. Comparez le rôle du Noir tel que l'auteur le présente avec celui du Noir dans ce monde.

Dieu est-il blanc?

Caricature de Siné

Sujets d'étude (pp. 8/9)

1. «*Dieu est-il blanc?*» Y a-t-il une réponse à cette question?
   Quel peut être le sens de cette question?

2. Décrivez la caricature de Siné. Qu'en pensez-vous?

3. Comparez la caricature avec la photo de la sœur noire.

4. Le clocher de l'église catholique ressemble à un masque gigantesque. Pourquoi l'architecte a-t-il choisi un élément de la religion traditionnelle?

Eglise catholique à Boni (Haute-Volta)

Danse des masques près de Houndé (Haute-Volta)
à l'occasion de funérailles

Sœur noire en Haute-Volta

2 Le profit et le malheur

Une époque particulièrement triste et déplorable dans les relations entre les Noirs et les Blancs a été le temps de la Traite négrière: C'est le commerce des Noirs arrachés à leurs familles, vendus comme esclaves et transportés principalement en Amérique à 5 partir de la fin du XVe siècle. Ce commerce, pratiqué par la plupart des nations européennes et les Américains, avec la complicité des chefs africains eux-mêmes, a duré jusqu'à la fin du XIXe siècle et a fortement marqué l'histoire de l'Afrique Noire.

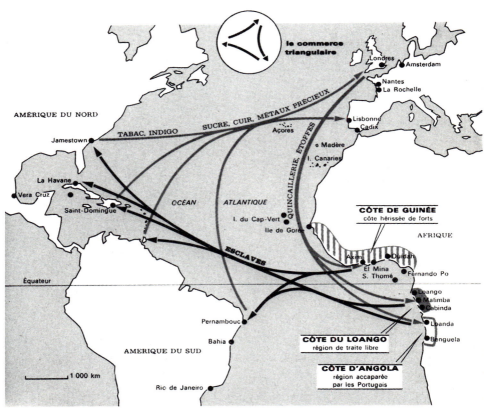

le commerce triangulaire et les principales régions de traite sur la côte occidentale d'Afrique

Annotations

la quincaillerie: toutes sortes d'appareils, d'ustensiles, d'objets en métal pour le bricolage, le ménage etc. — *hérissé:* couvert de pointes aiguës comme les piquants du hérisson — *accaparer:* prendre pour soi, s'emparer de, monopoliser quelque chose. Par exemple, acheter une marchandise à bas prix en période d'abondance pour la revendre en période de pénurie.

«Des hommes comme les blancs»

(Extrait de «Tamango», nouvelle publiée par Prosper Mérimée, en 1829)

Malgré l'interdiction internationale, le capitaine Ledoux, commandant du négrier «L'Espérance», continue le trafic des esclaves noirs.
5 Il part de Nantes, et, après une traversée rapide, il atteint la côte de la Guinée, où l'attend, avec une quantité d'esclaves, l'Africain Tamango, «guerrier fameux et vendeur d'hommes».

Le capitaine Ledoux se fit descendre sur le rivage, et fit sa visite à Tamango. Il le trouva dans une case en paille qu'on lui avait élevée à la hâte, accompagné de 10 ses deux femmes et de quelques sous-marchands et conducteurs d'esclaves. [...]
On s'assit, et un matelot qui savait un peu la langue wolofe servit d'interprète. Les premiers compliments de politesse échangés, un mousse apporta un panier de bouteilles d'eau-de-vie; on but, [...] et Tamango donna le signal de faire venir les esclaves qu'il avait à vendre.

Caravane d'esclaves

15 Ils parurent sur une longue file, le corps courbé par la fatigue et la frayeur, chacun ayant le cou pris dans une fourche longue de plus de six pieds, dont les deux pointes étaient réunies vers la nuque par une barre de bois. [...]
A chaque esclave mâle ou femelle qui passait devant lui, le capitaine haussait les épaules, trouvait les hommes chétifs, les femmes trop vieilles ou trop jeunes, 20 et se plaignait de l'abâtardissement de la race noire. «Tout dégénère, disait-il;

autrefois c'était bien différent. Les femmes avaient cinq pieds six pouces de haut, et quatre hommes auraient tourné seuls le cabestan d'une frégate, pour lever la maîtresse ancre.»

Cependant, tout en critiquant, il faisait un premier choix des noirs les plus
25 robustes et les plus beaux. Ceux-là, il pouvait les payer au prix ordinaire; mais pour le reste il demandait une forte diminution. Tamango, de son côté, défendait ses intérêts, vantait sa marchandise, parlait de la rareté des hommes et des périls de la traite. Il conclut en demandant un prix, je ne sais lequel, pour les esclaves que le capitaine blanc voulait charger à son bord.

30 Aussitôt que l'interprète eut traduit en français la proposition de Tamango, Ledoux manqua tomber à la renverse, de surprise et d'indignation; puis, murmurant quelques juremments affreux, il se leva comme pour rompre tout marché avec un homme aussi déraisonnable. Alors Tamango le retint; il parvint avec peine à le faire rasseoir. Une nouvelle bouteille fut débouchée, et la discussion
35 recommença. Ce fut le tour du noir à trouver folles et extravagantes les propositions du blanc. On cria, on disputa longtemps, on but prodigieusement d'eau-de-vie; mais l'eau-de-vie produisait un effet bien différent sur les deux parties contractantes. Plus le Français buvait, plus il réduisait ses offres; plus l'Africain buvait, plus il cédait de ses prétentions. De la sorte, à la fin du panier, on tomba
40 d'accord. De mauvaises cotonnades, de la poudre, des pierres à feu, trois barriques d'eau-de-vie, cinquante fusils mal raccommodés furent donnés en échange de cent soixante esclaves. Le capitaine, pour ratifier le traité, frappa dans la main du noir plus qu'à moitié ivre, et aussitôt les esclaves furent remis aux matelots français, qui se hâtèrent de leur ôter leurs fourches de bois pour leur donner des
45 carcans et des menottes en fer: ce qui montre bien la supériorité de la civilisation européenne.

Restait encore une trentaine d'esclaves: c'étaient des enfants, des vieillards, des femmes infirmes. Le navire était plein.

Tamango, qui ne savait que faire de ce rebut, offrit au capitaine de les lui
50 vendre pour une bouteille d'eau-de-vie la pièce. L'offre était séduisante. Ledoux se souvint qu'à la représentation des *Vêpres siciliennes* à Nantes, il avait vu bon nombre de gens gros et gras entrer dans un parterre déjà plein, et parvenir cependant à s'y asseoir, en vertu de la compressibilité des corps humains. Il prit les vingt plus sveltes des trente esclaves.

55 Alors Tamango ne demanda plus qu'un verre d'eau-de-vie pour chacun des dix restants. Ledoux réfléchit que les enfants ne payent et n'occupent que demi-place dans les voitures publiques. Il prit donc trois enfants; mais il déclara qu'il ne voulait plus se charger d'un seul noir. Tamango, voyant qu'il lui restait encore sept esclaves sur les bras, saisit son fusil et coucha en joue une femme qui venait
60 la première: c'était la mère des trois enfants. «Achète, dit-il au blanc, ou je la tue; un petit verre d'eau-de-vie, ou je tire. — Et que diable veux-tu que j'en fasse?» répondit Ledoux. Tamango fit feu, et l'esclave tomba morte à terre. «Allons, à un autre, s'écria Tamango en visant un vieillard tout cassé: un verre d'eau-de-vie, ou bien...» Une de ses femmes lui détourna le bras, et le coup partit au hasard.
65 Elle venait de reconnaître dans le vieillard que son mari allait tuer un *guiriot* ou magicien, qui lui avait prédit qu'elle serait reine.

Tamango, que l'eau-de-vie avait rendu furieux, ne se posséda plus en voyant qu'on s'opposait à ses volontés. Il frappa rudement sa femme de la crosse
70 de son fusil; puis, se tournant vers Ledoux: «Tiens, dit-il, je te donne cette femme.» Elle était jolie. Ledoux la regarda en souriant, puis il la prit par la main: «Je trouverai bien où la mettre», dit-il.

L'interprète était un homme humain. Il donna une
75 tabatière de carton à Tamango, et lui demanda les six esclaves restants. Il les délivra de leurs fourches, et leur permit de s'en aller où bon leur semblerait. Aussitôt ils se sauvèrent, qui de çà, qui de là, fort embarrassés de retourner dans leur pays à deux
80 cents lieues de la côte.

un guiriot (griot)

Cependant le capitaine dit adieu à Tamango et s'occupa de faire au plus vite embarquer sa cargaison. Il n'était pas prudent de rester longtemps en rivière; les croiseurs pouvaient reparaître, et il voulait appareiller le lendemain. Pour Tamango, il se coucha sur l'herbe, à l'ombre, et dormit pour cuver son eau-de-vie.

Annotations

2 *Prosper Mérimée:* écrivain français (1803—1870), né à Paris, auteur du roman historique *Chronique du régne de Charles IX*, et surtout de nouvelles *(Mateo Falcone, Tamango, Colomba, Carmen)*; en 1844, il est élu à l'Académie française; décédé à Cannes — 3 *l'interdiction internationale:* la traite négrière (le commerce des esclaves noirs) fut condamnée, en 1815, par le Congrès de Vienne, et diverses conventions furent appliquées pour prohiber le trafic des esclaves — 3 *le négrier:* navire destiné à transporter des esclaves — 4 *le trafic:* commerce illégal — 5 *Nantes:* ville de France, grand port de commerce aux XVIIe—XIXe siècles à cause du commerce avec les Antilles et de la traite des Noirs — 5 *la Guinée:* située en Afrique de l'Ouest sur la côte atlantique — 8 *le rivage:* littoral, côte, bord de mer — 9 *la case:* habitation africaine (ronde ou rectangulaire suivant les ethnies) — 9 *la paille:* herbe sèche qui couvre le toit — 11 *le matelot:* marin (Matrose) — 11 *wolof:* ou: ouolof: langue africaine qui se parle au Sénégal — 11 *servir d'interprète:* jouer le rôle d'interprète; celui qui traduit le wolof en français et vice versa (ici dans le texte) — 12 *le mousse:* jeune marin — 13 *l'eau-de-vie* (f.): Schnaps —15 *sur une longue file:* rangée de personnes placées les unes derrière les autres — 15 *la frayeur:* très grande peur — 16 *la fourche:* endroit où une branche se divise en deux — 16 *le pied:* ancienne mesure de longueur (valant environ 33 cm) — 17 *la pointe:* le bout, l'extrémité — 17 *la nuque:* l'arrière du cou, partie postérieure du cou — 17 *la barre de bois:* long morceau de bois — 18 *mâle ou femelle:* c'est une notation assez péjorative car mâle et femelle s'emploient en général pour les animaux — 18 *hausser les épaules* (f.): geste de déception (feinte) — 19 *chétif, -ve:* contraire de: solide, fort — 20 *l'abâtardissement* (m.): dégénérescence, décadence — 21 *le pouce:* ancienne mesure de longueur (valent 27 mm) — 22 *le cabestan:* Schiffswinde — 23 *la maîtresse ancre:* ancre principale — 26 *la diminution:* ici: réduction du prix — 27 *vanter la marchandise:* louer, mettre en valeur ce que l'on vend — 27 *le péril:* danger — 31 *manquer tomber à la renverse:* faillir tomber sur le dos — 32 *le jurement:* blasphème, insulte, mots grossiers et vulgaires — 33 *l'homme déraisonnable:* homme qui manque de bon sens (d'intelligence) — 34 *déboucher:* ouvrir (bouteille) — 36 *prodigieusement:* énormément — 37 *les deux parties contractantes:* ici: les deux trafiquants qui font un marché — 39 *céder de ses prétentions:* réduire ses demandes — 39 *à la fin du panier:* quand il n'y avait plus de bouteilles d'eau-de-vie dans le panier — 40 *la cotonnade:* étoffe de coton (Baumwolle) — 40 *la pierre à feu:* Feuerstein — 40 *la barrique:* tonneau (m.) — 41 *raccommodé:* réparé — 42 *ratifier le traité:* conclure le contrat — 43 *ivre:* contraire de: sobre (on est ivre après avoir bu trop d'alcool) — 45 *le carcan:* collier de fer (qui gène les mouvements de la tête) — 45 *les menottes* (f.): liens de fer qu'on met aux poignets d'un prisonnier — 49 *le rebut:* reste considéré comme sans valeur — 50 *séduisant:* attrayant, ravissant, plaisant, attractif — 51 *Vêpres siciliennes:* massacre

des Français par les Siciliens, en 1282, le lundi de Pâques, au moment des vêpres (surtout à Palerme). Casimir Delavigne en a tiré une tragédie qui a été représentée pour la première fois à Paris, le 23 octobre 1819, au théâtre de l'Odéon — 53 *en vertu de:* grâce à, cause de — 54 *svelte:* mince — 59 *sur les bras:* à sa charge — 59 *coucher qqn en joue:* viser qqn, pointer un fusil (un revolver etc.) sur qqn — 63 *être cassé:* être brisé, rompu — 64 *partir au hasard:* aller sans direction précise — 65 *le guiriot:* plutôt: griot; un griot est un artiste africain qui est aussi bien poète que musicien et gardien de la tradition; un griot avait prédit qu'Ayché serait reine; en fait, Ayché mourut après la révolte des Noirs à bord du navire «l'Espérance» — 68 *ne plus se posséder:* être hors de soi-même, ne plus pouvoir se contrôler — 69 *la crosse de fusil:* Gewehr-kolben — 76 *délivrer:* mettre en liberté — 77 *où bon leur semblerait:* où ils voudraient aller — 78 *qui de çà, qui de là:* quelques-uns par ici, d'autres par là — 79 *être fort embarrassé:* être en pleine confusion — 80 *la lieue:* mesure ancienne de longueur (environ 4 km) — 82 *embarquer:* mettre à bord (du navire) — 82 *la cargaison:* charge d'un navire, ensemble des marchandises (le terme ne s'utilise pas pour les hommes) — 83 *les croiseurs:* depuis que le congrès de Vienne avait aboli la traite, des navires anglais surveillaient les côtes et poursuivaient les négriers — 83 *reparaître:* apparaître de nouveau, revenir — 83 *appareiller:* lever l'ancre, partir (en parlant d'un bateau) — 84 *cuver son eau-de-vie:* dormir après avoir trop bu. Après avoir cuvé son eau-de-vie, Tamango gagna le négrier pour redemander sa femme; il tua le capitaine blanc, survécut au naufrage et à la révolte des esclaves. Une frégate anglaise trouva Tamango sans connaissance et sa femme morte. Devenu cymbalier d'un régiment, il buvait excessivement et mourut dans un hôpital.

Sujets d'étude

1. Indiquez l'objet de la rencontre entre le trafiquant blanc et le vendeur noir.
   Présentez la situation de la rencontre.
   Dégagez les différentes étapes de la négociation.

2. Examinez la tactique du capitaine Ledoux dans les différentes phases. Quel genre de personne est-il?
   Caractérisez aussi Tamango et comparez sa façon d'agir et de parler avec celle du capitaine.

3. Pour la traversée de six semaines sur «l'Espérance», Ledoux calcule pour chaque esclave un espace de cent-huit centimètres de hauteur, de cent-soixante-deux centimètres de longueur et de soixante-cinq centimètres de largeur; il rejette l'idée de réduire ces dimensions davantage disant que «*les nègres, après tout, sont des hommes comme les blancs*».
Commentez cet énoncé.

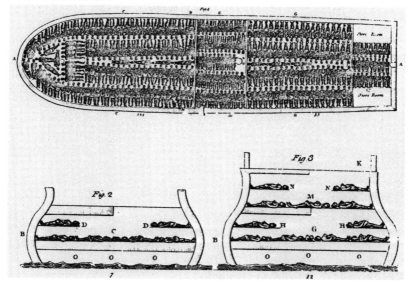

Ces trois croquis montrent comment toute la place d'un navire est utilisée pour transporter les esclaves

4. Commentez le nom propre «Ledoux» ainsi que le nom que Ledoux a choisi pour son navire.

5. Quel commentaire vous suggère la conclusion de l'auteur: «*ce qui montre bien la supériorité de la civilisation européenne*»?

6. Décrivez le destin des esclaves: leur situation avant celle de la scène choisie, ce qui leur arrive dans l'extrait présenté et quel sort les attend. Prenez position face à ce destin. D'après vous, quelle est la position prise dans ce cas par Prosper Mérimée?

7. Commentez le jugement de l'historien africain Joseph Ki-Zerbo:
«*L'Afrique n'est pas attardée. Elle a été retardée.*»

Joseph Ki-Zerbo

15

3 La puissance du feu et les fusils à pierre

Jusqu'au milieu du XIXe siècle, la Traite négrière, dans nombre de régions d'Afrique, entretient un climat de terreur et d'insécurité. Dans la seconde moitié du siècle, la conquête coloniale pèse lourd sur les populations africaines. L'Acte général de Berlin
5 (1885) délimite en Afrique les champs d'action des puissances européennes. L'Angleterre, l'Allemagne, la France convoitent les territoires mossi, au centre stratégique de la boucle du Niger.

L'empereur noir

En 1889, dès son avènement, le souverain mossi, le Mogho Naba Boukary Wobgho,
10 reçoit la visite d'émissaires européens. L'explorateur français Louis-Gustave Binger dépeint l'empereur mossi comme suit:

Louis-Gustave Binger

«... Boukary Naba est du reste fort bien élevé pour un Nègre. Par ses manières, il laisse tout de suite deviner qu'il appartient à une caste élevée de la société noire. C'est un grand bel homme d'une quarantaine d'années; il a la figure pleine plutôt
15 qu'ovale; son menton se termine par une toute petite barbiche et, quoique tatoué en Mossi, il n'est pas défiguré. Son regard est franc. L'ensemble de sa physionomie dénote l'intelligence. Il doit être bon, en même temps très ferme dans ses résolutions. [...] Il aidera de tous les moyens dont il dispose le voyageur européen qui passera chez lui. Cet homme a des idées larges; il aime le progrès et serait tout
20 disposé à écouter les conseils d'un Blanc. Tout en étant d'une intelligence au-dessus de la moyenne chez les Noirs, il se considère comme bien inférieur à l'Européen».

Extrait de: Salfo Albert Balima, Naba Wobgho Boukary

En juillet 1895, Naba Wobgho fit communiquer cette missive au Capitaine Destenave, qui voulait franchir les frontières de l'Empire Mossi:

²⁵ «Depuis longtemps j'ai fait consulter les grisgris qui ont tous répondu que,
si je voyais un homme blanc, j'étais un homme mort. Je sais que les Blancs veulent
me faire mourir pour voler mon pays. Tu prétends qu'ils vont m'aider à organiser
mon pays. Mais je trouve mon pays très bien tel qu'il est. Je n'ai nul besoin des
Blancs. Je sais ce qu'il me faut et ce je veux. J'ai mes marchands. Estime-toi
³⁰ heureux que je ne te fasse pas couper la tête.
«Va-t-en donc et surtout, ne reviens plus».

Extrait de: Balima, op. cit.

Annotations

3 *entretenir:* faire durer — 3 *la conquête:* territoire conquis par les armes — 5 *délimiter:* fixer (les limites) —
6 *convoiter:* désirer fortement — 6 *les territoires mossi:* voir la carte à la page 19 (Mossi: l'ethnie la plus
nombreuse en Haute-Volta; les Mossi, 3 500 000, sont installés en majorité sur le plateau central, entre
la Volta Noire et la Volta Blanche) — 7 *le Niger:* grand fleuve de l'Afrique occidentale, naît dans le Fouta-
Djalon (massif montagneux de la Guinée), passe à Bamako et Niamey, et se jette dans le golfe de Guinée;
4 200 km; en partie navigable, il baigne la Guinée, le Mali, le Niger, le Bénin et le Nigeria — 9 *l'avènement* (m.): Thronbesteigung — 9 *Mogho Naba Boukary Wobgho:* empereur mossi, né vers 1848, mort
en 1904 («Mogho» veut dire «monde», «Naba» veut dire «chef», «Boukary» est le prénom, «Wobgho»
signifie «éléphant») — 10 *l'émissaire* (m.): agent chargé d'une mission — 10 *Binger, Louis-Gustave:* officier français (1856—1936), explora la boucle du Niger et la Côte d'Ivoire; il a donné son nom à l'ancienne
capitale de Côte d'Ivoire: Bingerville — 14 *quarantaine:* environ quarante ans — 15 *la barbiche:* petite
barbe dont les poils ne couvrent que le menton — 15 *tatouer:* imprimer dans la peau un dessin que l'on
ne peut plus effacer (nom: tatouage; le tatouage sert à s'embellir ou à se faire reconnaître: même clan,
même ethnie) — 16 *défigurer:* déformer, dénaturer, rendre laid — 16 *la physionomie:* expression du visage —
17 *dénoter:* indiquer, marquer — 17 *ferme:* résolu, décidé — 19 *il a des idées larges:* il est «ouvert», tolérant;
il accueille les étrangers — 20 *tout en étant:* bien qu'il soit — 23 *la missive:* lettre, message, note — 23 *Destenave:* en avril 1895, le ministre des Colonies confia au capitaine Destenave cette affaire délicate:
coûte que coûte, par les moyens qu'il jugerait bon, hormis la force, il devait amener le Mogho Naba
à traiter avec la France — 25 *le grisgris (gris-gris, gri-gri):* sorte de fétiche, objet considéré comme ayant
un pouvoir magique ou surnaturel, petit objet magique qui porte bonheur ou protège contre les dangers
— 27 *prétendre:* faire semblant

Sujets d'étude

1. Que nous livre le portrait sur l'aspect physique du Naba?
   Quelles qualités morales montre-t-il?

2. «*Boukary Naba est ... fort bien élevé pour un Nègre. (...) Tout en étant d'une intelligence au-dessus de la moyenne chez les Noirs, il se considère comme bien inférieur à l'Européen.*»
   Quelle mentalité se cache derrière cette caractérisation donnée?

3. Que dit le Naba au sujet de la situation actuelle et de ses besoins?
   Quel tableau du Blanc brosse-t-il?
   Quel sentiment envers le Blanc révèle-t-il dans ce message?

4. Comparez la position que le Naba prend dans sa note avec le portrait de sa personne dépeint par Binger, et montrez à quel égard le Français a raison et à quel égard il se trompe dans son jugement.

Le Mogho Naba, empereur du peuple Mossi, en juin 1982, dans son palais situé à Ouagadougou, capitale de la Haute-Volta. Bien que relégué aujourd'hui dans ses seules fonctions coutumières et religieuses, le Mogho Naba conserve prestige et influence.

Le conquérant blanc

Ayant lu la lettre du Mogho Naba Wobgho de Ouagadougou, Destenave rebrousse chemin, mais avec la ferme intention de revenir.

Exactement un an après la réception de la célèbre missive, les Français se mettent
5 à envahir le pays mossi. Pour cette tâche, le capitaine Destenave délègue le lieutenant Voulet. Avec cinq cents hommes, brûlant et tuant tout devant lui, Voulet, le 31 août 1896, atteint Ouagadougou.

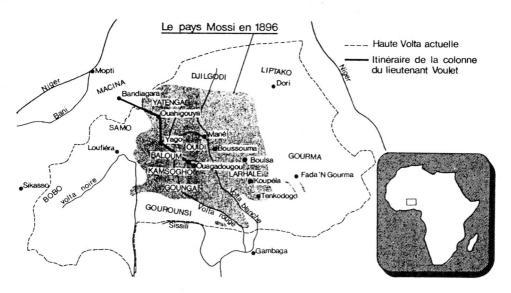

«L'indépendance ou la mort!

Aussi, dès le matin du 1er septembre 1896, les premiers cavaliers arrivés étaient
10 rassemblés, harangués et dirigés contre les envahisseurs.

Pour armes, ils disposaient de fusils à pierre, de flèches empoisonnées, de lances, de javelots, de gourdins, de casse-têtes. [...]

Après deux heures de lutte inégale, ils furent dispersés par les armes modernes des tirailleurs de Voulet, désormais maître de Ouagadougou.»

15   *Extrait de: Balima, op. cit.*

Annotations

2 *rebrousser chemin:* retourner en arrière — 6 *Voulet:* capitaine français qui a dirigé la conquête du Mossi —
10 *haranguer:* adresser un discours — 12 *le gourdin:* gros bâton lourd et solide — 12 *le casse-tête:* bâton à grosse tête noueuse, servant d'arme — 13 *disperser:* mettre en fuite, dissiper — 14 *le tirailleur:* nom donné à certains corps indigènes, aux colonies

fusils à pierre

«Le Mogho Naba avait dû reculer devant la puissance du feu. Il déclara que, s'il avait eu des armes comparables à celles des Blancs au lieu de quelques fusils à pierre et de ses armes traditionnelles, jamais les étrangers n'auraient pénétré en pays mossi. [...] Le Mogho Naba, à la tête de ses cavaliers et de son
5 infanterie, lança alors une première attaque pour reprendre Ouagadougou. Elle se heurta aux tirailleurs de Voulet, déployés autour de la capitale, et dut rebrousser chemin. Les Mossi n'étaient pas encore assez nombreux pour vaincre la colonne de Voulet, pourvue de munitions formidables; de plus, ils procédaient suivant une tactique, toujours la même, qui fut vite comprise par les Français,
10 et eurent beaucoup de pertes. [...] Le 6 septembre, suivant leur tactique familière, les Mossi chargèrent avec cinq cents cavaliers sur le front et autant sur les deux flancs. C'étaient des adversaires redoutables, car tous étaient des chefs plus ou moins importants, et Mogho Naba Wobgho était à leur tête. Les tirailleurs exécutaient des feux de salve répétés. Les cavaliers mossi se rapprochaient toujours
15 malgré le feu violent.

A un certain moment, alors que les tirailleurs, se sentant impuissants à arrêter le torrent qui fondait sur eux, commençaient à s'affoler, les cavaliers — qui n'étaient plus qu'à 100 mètres — tourbillonnèrent dans la poussière et passèrent en arrière des lignes d'infanterie, pour les pousser au combat.
20 La colonne Voulet prit alors l'offensive. Les fantassins mossi, couchés à plat ventre dans les hautes herbes, la couvraient de flèches empoisonnées à moins de 50 mètres. L'issue du combat ne faisait malheureusement plus de doute, mais le Mogho Naba s'échappa de nouveau.

Voulet, qui ne s'attendait pas à cette résistance du Mogho Naba, mit le feu
25 à des quartiers de Ouagadougou. Par vengeance d'abord, et aussi pour punir

les habitants, qui avaient notoirement cherché à aider Wobgho dans son entreprise de reconquête. [...] Il fit donc rassembler les Mossi de la capitale devant le palais et leur déclara:

30 — Alors que nous sommes venus en amis, Bokari nous fait une guerre acharnée. Nous sommes disposés à pardonner, mais le Naba fait preuve de la plus noire perfidie. Nous ne ferons la guerre qu'à lui. Les populations peuvent avoir confiance en nous, car le chef des
35 Français veut que nous nous établissions à demeure au Mossi. Que tous les hommes de bien viennent donc franchement à nous, qu'un frère du Naba élu par tous s'emploie au rétablissement de la paix et de la tranquillité, et nous serons heureux qu'avec l'aide de Dieu
40 et la nôtre il prenne en main les destinées du pays! C'était un appel à la collaboration.»

ANCIEN PALAIS DU MORHONABA A OUAGADOUGOU (1950)

Extrait de: Françoise Bretout, Mogho Naba Wobgho —
La résistance du royaume mossi de Ouagadougou

Annotations

4 *pénétrer:* entrer — 6 *se heurter à:* entrer rudement en contact avec — 6 *déployer:* poster, placer en largeur — 8 *être pourvu de:* disposer de, être muni (garni) de — 10 *familier:* habituel, connu — 11 *charger:* attaquer — 12 *redoutable:* qu'on doit craindre — 17 *le torrent:* ici: attaque violente — 17 *fondre sur:* se précipiter sur — 17 *s'affoler:* devenir fou de peur — 18 *tourbillonner:* tourner en faisant plusieurs tours — 20 *le fantassin:* militaire de l'infanterie — 24 *ne pas s'attendre à qqch.:* être surpris par qqch. — 26 *notoirement:* ouvertement — 30 *alors que:* tandis que — 30 *Bokari:* orthographe différente pour «Boukary»; jusqu'à sa mort, le Mogho Naba Boukary Wobgho constitua une menace permanente pour les conquérants français; en 1904, exilé près de Gambaga (cf. la carte p. 19), le Mogho Naba (orthographe aussi: Morhonaba) mourut en Gold Coast (Ghana); l'ancien empire mossi fut englobé dans la colonie Haut Sénégal-Niger — 31 *disposé à:* prêt à — 33 *la perfidie:* contraire de: sincérité, loyauté — 35 *à demeure:* définitivement, pour toujours — 35 *au Mossi:* au pays Mossi — 36 *l'homme de bien:* homme de bonne volonté — 38 *s'employer à qqch.:* lutter pour qqch. — 40 *la destinée:* sort, avenir

Habitat Mossi aux alentours de Ouagadougou

Sujets d'étude

1. Comment les Mossi s'organisaient-ils en face du danger menaçant?
   Pourquoi la conquête de la capitale était-elle une lutte inégale? En combien de temps Voulet put-il l'emporter?
   Pourquoi la tentative du Naba de se rendre de nouveau maître de la ville ne fut-elle pas couronnée de succès? Dans quelle mesure, lors de la tentative qui suivit, les Mossi s'étaient-ils renforcés?
   Qu'est-ce qui révèle leur bravoure extraordinaire?
   Leur attaque constitua-t-elle un véritable danger pour les Français? Où voyez-vous le tournant décisif dans la bataille du 6 septembre?

2. Voulet déclare que le chef des Mossi est une personne perfide; cette accusation est-elle juste?
   Essayez de caractériser le Mogho Naba en vous servant des informations fournies par le texte.

3. Dans sa déclaration faite devant les Mossi, Voulet se montre tantôt avec un masque, tantôt il se montre tel qu'il est. Trouvez dans le discours qu'il prononce
   — où le militaire se sert de mensonges,
   — où il fait une entorse aux événements,
   — où il donne à entendre ses vrais projets.
   Montrez aussi
   — qu'il veut avoir l'air complaisant,
   — qu'il est présomptueux,
   — qu'il n'hésite pas à proférer des menaces sans déguisement.
   Qu'est-ce que Voulet entend par «*paix*» et «*tranquillité*»?
   Qu'est-ce qu'il compte réellement faire avec le frère du Naba Wobgho?
   Précisez la valeur sémantique du mot «collaboration».

4. Résumez le procédé de Voulet au pays mossi.

5. Pourquoi le français est-il la langue officielle au Mali, au Niger, en Haute-Volta?
   Trouvez les autres pays francophones de l'Afrique.

Traces de la colonisation française: Grand Bassam (Côte-d'Ivoire)

4 L'hospitalité et les châtiments paternels

Un épisode du temps de la conquête coloniale est décrit dans l'extrait suivant pris dans la pièce radiophonique «*l'Hospitalité*» de l'Africain Kambou Nakir. L'auteur montre quelle situation difficile suscite l'arrivée des deux explorateurs blancs dans un village
5 ouest-africain; la question est de décider si oui ou non la loi traditionnelle de l'hospitalité doit être respectée dans un cas aussi exceptionnel que celui-ci:

L'eau farinée

Lanta: Salut, Chef! Deux hommes blancs viennent d'arriver au village et
             demandent à vous voir.
10 *Sidipté:*   Fais-les entrer.
Herson: Salut! Chef de Dokita!

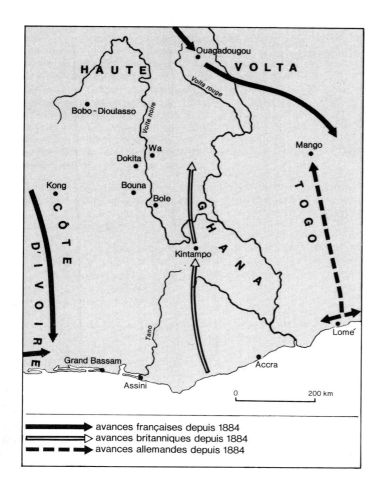

Sidipté:	Salut, étrangers, soyez les bienvenus! Asseyez-vous. Que l'on apporte à boire à nos hôtes. Peut-on savoir ce que nous vaut l'honneur de votre visite, hommes blancs?
15 *Herson:*	Nous sommes des Anglais. Nous venons du Pays Ashanti de l'autre côté du grand fleuve Volta. Mon compagnon s'appelle Fergusson, moi je me nomme Herson. Nos troupes ont été décimées par les populations de ces contrées et nous sommes traqués par les Sofas de Sarankiéni Mory, aussi sommes-nous venus demander l'hospitalité dans votre village en attendant de pouvoir retraverser le fleuve pour rejoindre notre poste à Wa. Les troupes de Sarankiéni Mory sont nombreuses, armées de fusils et de canons. Sarankiéni Mory nous fait la guerre car il veut avoir le contrôle de la région. Pour nous capturer, il n'hésitera pas à mettre votre village à feu et à sang et à vendre hommes, femmes et enfants comme esclaves.
Sidipté:	Etrangers, nous n'ignorons pas le danger que votre présence fait courir à notre village. Nous savons aussi que vous n'êtes pas de nos amis car vous souhaitez conquérir nos territoires et nous soumettre à vos lois. Le Conseil des Anciens va délibérer et prendra la décision qui convient. Allez vous reposer et prendre quelque nourriture. Vous serez avisés de la décision arrêtée par le Conseil.

(Les deux Anglais sortent.)

Conseil des Anciens (batik)

Une calebasse

24

Annotations

1 *l'hospitalité* (f.): Gastfreundschaft — 1 *le châtiment:* punition (verbe: châtier: punir) — 1 *paternel:* qui est propre au père — 3 *«l'Hospitalité»:* pièce radiophonique qui a participé en 1981, au 11e Concours théâtral inter-africain, organisé par Radio France Internationale — 3 *Kambou Nakir:* officier voltaïque, écrivain, membre et porte-parole du CMRPN (Comité militaire de redressement pour le progrès national) du 25 novembre 1980 au 7 novembre 1982 — 4 *susciter:* causer, faire, soulever — 4 *l'explorateur* (m.): celui qui va à la découverte d'un pays; effectivement la pièce présente Herson comme «explorateur anglais» — 7 *l'eau farinée:* eau dans laquelle on a délayé de la farine de mil. L'eau farinée est offerte aux visiteurs: c'est un symbole de bienvenue — 8 *Lanta:* un guerrier du village — 10 *Sidipté:* chef du village de Dokita — 11 *Herson:* il s'agit de l'explorateur anglais Anderson (Henderson) — 11 *Dokita:* petit village au sud de la Haute-Volta (près de la frontière ivoirienne à l'ouest et à environ quarante kilomètres de la frontière ghanéenne à l'est) — 13 *apporter à boire:* geste d'hospitalité: de l'eau farinée est offerte aux visiteurs dans des calebasses — 13 *l'hôte* (m.): personne qui reçoit l'hospitalité (aussi: qui la donne) — 13 *valoir l'honneur* (m.): donner l'honneur — 15 *le pays Ashanti:* partie de l'actuel Ghana; les Ashanti (Achanti) formaient autrefois un royaume puissant — 16 *la Volta:* fleuve qui se jette dans l'océan Atlantique; la Volta noire et la Volta blanche (grossie de la Volta rouge) se réunissent au Ghana — 18 *traquer:* poursuivre (avec acharnement) — 18 *le Sofa:* soldat, tirailleur — 19 *Sarankiéni Mory:* guerrier et chef dioula, fils du célèbre Almamy Samori Touré, farouchement opposé aux Blancs, conquit de vastes régions de l'Ouest africain, combattit les Anglais et les Français en Afrique occidentale; Sarankiéni Mory fit informer Sidipté qu'il ferait attaquer le village, si le chef de Dokita ne lui livrait pas les deux hommes blancs. — 21 *Wa:* village à l'ouest du Ghana près de la frontière entre le Ghana et la Haute-Volta; l'Anglais Anderson y établit une garnison pour faciliter la conquête de la région — 29 *le Conseil des Anciens:* Conseil des Vieux du village — 30 *la nourriture:* ici: un plat de mil (Hirsespeise)

Habitat situé près de Dokita

Sujets d'étude

1. Qu'est-ce que les Anglais et les guerriers africains ont en commun?
   Pourquoi les deux Blancs désirent-ils parler au Chef du village? Dans quelle situation se trouvent-ils? Désirent-ils rester au village?

2. Comment le Chef de Dokita accueille-t-il les deux Européens?
   A quel danger expose-t-il son village par cet accueil? De quelle décision parle-t-il pour finir?

3. Le Chef se rend-il compte du danger auquel il expose son village? Sait-il à qui il a affaire?
   Quelle portée aurait un vote, pour la coutume? Que signifierait la décision de livrer les Blancs?

4. Comment jugeriez-vous a) un refus, b) une réponse favorable à la demande des Anglais.

Le «Schambock»

A partir de 1896 naissent les premières tensions entre Blancs et Noirs, entre colons allemands et Namibiens. Ces tensions qui étaient latentes dès les premiers jours de la colonisation atteignent leur paroxysme en janvier 1904, date de la grande révolte du
5 Sud-Ouest allemand. Ce qui précède cette révolte est une série d'injustices et d'humiliations. Un des motifs du mécontentement de la population noire est l'application de de la loi de 1896 sur les châtiments «paternels».

La loi dit:
«Ces gens ignorent encore l'amour du travail; quant à nous qui avons le devoir
10 d'apprendre à ces grands enfants à acquérir l'amour du travail, nous ne tenons pas à les saisir avec des gants, mais avec de puissantes mains allemandes et à les contraindre de toute notre énergie, par un devoir de fidélité au travail, à mériter avant tout leur valeur d'homme. Ce ne sont pas encore des hommes. Pour le devenir, ils doivent recevoir des châtiments corporels là où cela s'avère néces-
15 saire; car quel homme peut grandir sans être châtié.»
Les châtiments sont infligés aux Namibiens avec un lourd fouet que les Allemands appellent le «Schambock». C'est un fouet à bout ferré, généralement en cuir de rhinocéros de 80 centimètres à un mètre de long et d'un centimètre de diamètre. Il est fabriqué selon les normes du Kolonialamt à Berlin. Un ancien
20 soldat qui connaît bien le système donne des précisions: «Nous ne pouvons en donner que vingt-cinq coups à la fois. Si un indigène en mérite davantage, nous devons attendre quinze jours avant de lui donner les vingt-cinq autres.»
Les Allemands se présentent comme des hommes mûrs, mal à l'aise devant d'autres hommes qui, en dépit de leur âge, se conduisent comme des gamins et
25 ignorent les valeurs qui font d'un être humain un homme véritable. Les Allemands se donnent la mission de le leur apprendre en utilisant les moyens appropriés, c'est-à-dire les châtiments corporels qui conviennent le mieux à l'éducation des Noirs.

On trempe le fouet d'abord dans de la poix, puis on le roule dans le sable.
30 Le châtiment est réservé aux Noirs insolents car les Noirs insolents non châtiés
peuvent être dangereux. Après avoir reçu les quinze à vingt-cinq coups qui
le faisaient invariablement saigner, on renvoyait l'indigène chez le maître qu'il
haïssait, dont il avait peur mais qu'il se voyait obligé de continuer de servir.
Par ailleurs, à la demande d'un fermier blanc, les magistrats peuvent autoriser
35 quatorze jours de mise aux fers pour négligence, paresse, insubordination ou
abandon de travail injustifié. Devant la cour de justice, le témoignage d'un Blanc
ne peut être réfuté que par celui de sept personnes de couleur. Toute personne
de couleur doit considérer un Blanc comme un être supérieur.

Extrait de Bama Bapio Rosaire, L'image de la Namibie

Annotations

2 *la tension:* désaccord, mauvaise relation — 2 *le colon:* personne venue d'ailleurs pour créer une colonie —
3 *le Namibien:* membre de la population noire de la Namibie (Herero et Hottentots Nama); la Namibie:
ancienne colonie allemande (le «Sud-Ouest africain» 1892—1918); après la signature des traités de paix,
la SDN (Société des Nations), en 1920, place le Sud-Ouest africain sous mandat de l'Union sud-africain;
la Namibie est un pays très vaste (824 000 km²), mais peu peuplé (750 000 habitants, dont 30 000 Européens d'origine hollandaise et 20 000 d'origine allemande; capitale Windhoek, 50 000 habitants, dont
plus de la moitié Européens) — 3 *latent:* caché — 4 *le paroxyme:* apogée, point culminant — 5 *série d'injustices et d'humiliations:* l'auteur de cet extrait mentionne aussi le scandale Dietrich: en 1903, un fermier
blanc du nom de Dietrich tua la femme d'un chef noir, mais la justice acquitta l'accusé — 6 *l'application*
(f.): mise en pratique — 10 *acquérir:* gagner, obtenir — 10 *tenir à faire qqch.:* vouloir absolument faire
qqch. — 12 *contraindre:* forcer — 14 *s'avérer:* apparaître, sembler — 16 *infliger des châtiments à qqn.:* punir,
châtier qqn. — 16 *le fouet:* bandes de cuir fixées à un manche, instrument pour donner des coups —
17 *ferré:* garni de fer — 19 *le diamètre:* Durchmesser — 21 *l'indigène:* aborigène, autochtone (ici: un Noir)—
23 *l'homme mûr:* personne ayant l'expérience de la vie — 23 *être mal à l'aise:* être gêné, embarrassé —
24 *en dépit de:* malgré — 24 *se conduire:* se comporter — 24 *le gamin:* enfant, garçon — 26 *approprié:* convenable — 29 *la poix:* Pech — 30 *insolent:* c'est un insolent: sa façon de se tenir et de parler n'est pas celle
qu'on doit avoir envers une autre personne, surtout si elle est plus âgée ou plus instruite — 32 *invariablement:* toujours, sans exception — 35 *l'insubordination* (f.): manque d'obéissance, désobéissance —
37 *réfuter:* démentir, contredire

Sujets d'étude

1. Comment la punition des Noirs est-elle exécutée ?
   (l'instrument de la punition:
   sa désignation, son matériel, sa préparation, ses dimensions et la norme;
   l'acte de la punition:
   le quantum de la peine, son effet, l'interruption de l'exécution de la peine, l'humiliation après les coups de fouet)

2. Comment la punition est-elle légitimée?
   (la justification générale;
   la nécessité du châtiment corporel en particulier:
   les deux objectifs d'éducation à l'égard de la race punie)

3. Comment la race punitive se voit-elle?
   (le double rôle qu'elle se donne par rapport aux indigènes;
   l'estime de sa propre valeur dans la colonie en particulier et dans le monde en général)

4. Commentez
   — cette manière de punir,
   — la justification du châtiment,
   — la conception de la répartition des rôles.

5. Prenez position par rapport au jugement suivant:
   «*Le comportement des Allemands à l'égard des Namibiens ressemble étrangement à celui qu'ils ont eu avec les Juifs sous le régime hitlérien*». (Bama, op. cit.)

6. «*Les Allemands installèrent dans les différentes colonies des dispensaires et des hôpitaux. Dans la colonie du Togo, par exemple, il y avait un hôpital à Lomé, d'autres à Anécho, Palimé et Atakpamé. Outre les soins donnés dans les postes médicaux, les Allemands organisaient aussi dans leurs colonies des tournées de vaccination.*»

   Citation abrégée tirée de: Jean Kabré, La colonisation allemande en Afrique de 1890 à 1904

   Les Allemands n'ont pas seulement entrepris des efforts en matière sanitaire, mais aussi dans le domaine scolaire. Ces efforts, cependant, justifient-ils la conquête coloniale? Qu'en pensez-vous?
   Pourquoi la puissance coloniale a-t-elle entrepris ces efforts?

Traces de la colonisation allemande: cimetière allemand au Togo

5 Le patron et le boy

Un Noir travaille pour un Blanc:
Pendant l'époque coloniale, les conditions de travail sont très souvent marquées par la force et la violence. Ainsi, par exemple, une loi datant de l'année 1907 prescrit que tout Noir, dans les colonies allemandes, est tenu d'avoir un contrat de travail avec un Blanc.

Ce genre de travail forcé n'existe plus; on trouve, cependant, en bien des lieux, toujours du mépris et de l'humiliation comme le montre F. Oyono dans son roman «Une Vie de boy» de l'année 1956.

La bande dessinée «Marlboro» enfin est un épisode qui se passe de nos jours. Un boy noir travaille pour un Blanc. Actuellement, les gens de maison (cuisiniers, blanchisseurs, gardiens de nuit, jardiniers) sont très souvent organisés dans les syndicats divers et touchent des salaires mensuels fixés par l'Etat.

Ferdinand Oyono

Le verre d'eau

(Extrait du roman «Une Vie de boy» de Ferdinand Oyono; situation: le Sud-Est du Cameroun vers 1948 à 1950)

Le jeune Noir du récit, élevé par un Père Blanc, a pris l'habitude de tenir un journal dans lequel il enregistre tout ce qui se passe dans le milieu des colons, où il est devenu le boy de l'administrateur des colonies, «commandant» de l'endroit. L'extrait suivant montre une scène typique:

Le commandant demanda un verre d'eau. Au moment où je le lui apportai, il me demanda si l'eau avait été bouillie.

— Comme d'habitude, répondis-je.

Il prit le verre entre le pouce et l'index, le leva jusqu'au niveau de ses yeux, l'éloigna, le leva au-dessus de sa tête, le ramena au niveau de ses yeux, le porta sous ses narines, fit une grimace, le reposa sur le plateau et demanda un autre verre.

Sa femme haussa imperceptiblement les épaules. Je revins au réfrigérateur et profitai de l'instant où le Blanc ne me regardait pas pour cracher — oh! pas grand-chose, deux gouttes seulement — dans un autre verre où je lui versai de l'eau. Il la but d'un trait puis reposa le verre sur le plateau sans me regarder. Il m'éloigna d'un mouvement nerveux du revers de la main.

Il plia son journal, s'étira puis se leva. Il se mit à respirer bruyamment comme s'il était incommodé par quelque odeur. Son nez, semblable à une girouette, tournait dans tous les sens. Il s'immobilisa en direction d'un volet que la brise avait refermé.

29

— Ça sent... ça sent... ici... Va ouvrir ce volet, m'ordonna-t-il.

Madame remua ses narines et respira l'air autour d'elle avec un délicat mouvement du buste. Elle regarda son mari qui lui tournait le dos et se mit à lire. Quand j'eus ouvert le volet, je repassai devant le commandant. Il me fit signe au passage de m'arrêter.

— C'est peut-être toi..., dit-il en remuant son nez, c'est peut-être toi...

Madame leva les yeux au ciel. Il m'éloigna d'un mouvement du menton. Il revint sur le divan, déchira un bout du journal et alla caler le volet que je venais d'ouvrir et qui ne s'était pas refermé.

— Quand on a des nègres... il faudrait que toutes les issues soient toujours largement ouvertes..., disait-il en s'évertuant à glisser le papier dans la charnière de la fenêtre.

Annotations

1 *le boy:* domestique qui nettoie la maison et fait souvent la cuisine — 5 *être tenu:* être obligé — 7 *le travail forcé:* Zwangsarbeit — 8 *Oyono, Ferdinand Léopold:* écrivain et diplomate camerounais, né en 1929 près d'Ebolowa, au sud-ouest du Cameroun. Premier roman «*Une Vie de Boy*» (1956), la même année «*Le Vieux Nègre et la Médaille*» (roman), et «*Chemin d'Europe*» (1960). Chef de la délégation permanente de l'O.N.U. (UNO). — 12 *le cuisinier:* homme qui fait la cuisine: il prépare et cuit les aliments — 12 *le blanchisseur:* homme qui lave le linge et qui fait le repassage — 13 *le gardien de nuit:* homme qui surveille la maison pendant la nuit — 13 *le jardinier:* homme qui cultive le jardin d'autrui — 14 *le syndicat:* groupement formé pour la défense des intérêts économiques et sociaux d'une catégorie de travailleurs — 14 *le salaire:* argent que l'on reçoit régulièrement d'un employeur en paiement du travail qu'il donne à faire — 14 *mensuel:* par mois — 17 *le Cameroun:* république unie (langues officielles: le français et l'anglais) — 19 *le Père blanc:* prêtre d'une congrégation missionnaire en Afrique — 19 *le journal:* ici: cahier où l'on note régulièrement ce qui se passe jour par jour — 24 *l'eau bouillie:* eau chauffée très fort (100° C) — 26 *le pouce:* le doigt le plus gros — 26 *l'index* (m.): le deuxième doigt de la main — 28 *les narines* (f.): les deux ouvertures du nez — 30 *imperceptiblement:* qu'on a de la peine à remarquer — 31 *cracher:* spucken — 33 *boire d'un trait:* boire sans s'arrêter, sans faire de pause — 33 *éloigner qqn. d'un mouvement de la main:* faire signe que l'autre disparaisse (geste qui veut dire: disparais, sors, va-t-en) — 35 *s'étirer:* s'allonger — 36 *être incommodé:* être gêné, être ennuyé — 36 *la girouette:* appareil qui tourne sur lui-même pour indiquer la direction du vent — 37 *s'immobiliser:* s'arrêter — 37 *la brise:* vent léger — 39 *sentir:* dégager une odeur, bonne ou mauvaise — 39 *le volet:* Fensterladen — 40 *délicat:* ici: faible, léger — 42 *repasser:* passer une deuxième fois — 42 *au passage:* ici: quand le boy passe devant le Blanc — 44 *remuer:* faire un mouvement avec, mouvoir — 46 *caler le volet:* bloquer, fixer le volet de sorte qu'il ne se referme plus — 48 *l'issue* (f.): porte, fenêtre — 49 *s'évertuer:* s'efforcer, faire des efforts, essayer de — 49 *la charnière:* Scharnier

Sujets d'étude

1. Combien de parties la scène présentée comprend-elle? Fixez-les.
   Quels ordres le commandant donne-t-il dans ces parties?
   Comment exprime-t-il sa volonté?

2. Du côté du jeune Noir, quelle attitude le commandant attend-il?
   Pourquoi, par exemple, demande-t-il au boy s'il a fait bouillir l'eau?
   Se contente-t-il de la réponse que lui donne le boy?
   Donnez une explication à ce que le commandant fait avec le verre d'eau.
   Que veut-il montrer par son refus de boire le premier verre d'eau?

3. Situez et comparez les mouvements que font le commandant et son épouse.
   Examinez les trois remarques du commandant (en discours direct): montrez comment la première constatation vague se développe et sur quoi elle aboutit; commentez la conclusion que le commandant tire de son soupçon et ce qu'il fait en même temps.

4. Le commandant refuse le premier verre d'eau; qu'est-ce que le boy fait alors à l'insu du Blanc?
   Qu'est-ce qui se manifeste dans cette action?
   Commentez la remarque mise entre tirets *(— oh!...—).* Abordez brièvement la manière dont le commandant boit le nouveau verre d'eau.

5. Le boy observe également bien la femme du commandant. Analysez la réaction de la femme après l'ordre de son mari *(«un autre verre»)* et après sa supposition, son soupçon *(«peut-être toi»).*
   Quel est, pour résumer, le trait dominant qui caractérise l'atmosphère dans la maison du commandant blanc?

Le paquet de Marlboro

Dans le périodique ivoirien «*Les Aventures de Fol-Boy*», le lecteur trouve une bande dessinée qui raconte un petit malentendu. La scène se déroule à Abidjan, dans la maison d'un Blanc.

34

Annotations

le périodique: magazine généralement illustré, qui paraît régulièrement — *ivoirien:* de la Côte d'Ivoire — *le malentendu:* erreur, incompréhension de l'un à l'autre — *la détente:* distraction, repos — *Ousmane:* prénom musulman — *le patron:* chef — *10 000 francs:* 10 000 CFA (Communauté Financière Africaine) = 200 francs français, environ 65 DM — *la SODERIZ:* société pour le développement de la riziculture — *ça coûté:* mauvais français, plutôt: ça (cela) a coûté — *ça ne va pas, non?:* est-ce possible?, ce n'est pas possible!, tu es fou, ce n'est pas normal — *le dioula:* langue répandue en Afrique de l'Ouest; c'est surtout la langue des commerçants, la langue utilisée dans les marchés (p. ex. malo = riz, boro = sac)

Sujets d'étude

1. Quelle est l'occupation de Monsieur Gérard ce dimanche?
   Décrivez la première image. Que font par contre les gens dans et devant le dépôt de riz?
   Commentez l'image six.
   A quoi Ousmane est-il occupé ce dimanche (image quatre)?
   Quelle fonction remplit-il donc dans la maison du Blanc?
   Commentez la présentation du Blanc comme «Monsieur» Gérard.

2. Pourquoi Gérard appelle-t-il Ousmane?
   Comment Gérard parle-t-il à Ousmane (dessin cinq)?
   Pourquoi le Blanc répète-t-il «*un paquet de Marlboro*»?
   Combien de temps accorde-t-il à Ousmane pour exécuter son ordre?
   Comparez la manière dont Gérard et Ousmane énoncent leur volonté (dessin cinq: «*cours vite*», et dessin sept: «*Je voudrais*»).
   Comment Ousmane réagit-il à l'appel et à l'ordre de Monsieur Gérard?

3. Ousmane exécute-t-il vraiment vite l'ordre du patron?
   Avec quoi revient-il?
   Le terme «paquet» qu'il utilise (image neuf) est-il correct?
   Comment le dessinateur exprime-t-il la réaction de Monsieur Gérard (image dix)?
   Expliquez le geste du domestique (dessin onze).

4. Lequel des deux, selon vous, a les rieurs de son côté? Pourquoi?
   Monsieur Gérard raconte l'histoire attribuant la faute au boy.
   Le boy raconte l'épisode disant que c'est de la faute du patron. Ou: ... qu'il a voulu jouer un tour au Blanc.
   Racontez l'histoire suivant la bande dessinée et ajoutez-lui une suite *(«... le patron se calme et ...»; «... le patron, dans sa fureur ...»).*

6 L'amour et l'aversion

Un Blanc épouse une Noire:
Les deux textes qui suivent (à savoir «*Pourquoi une Blanche?*» et «*Mariage en Blanc et Noire*») traitent de deux couples «dominos» et montrent la réaction des parents en ce
5 qui concerne leur mariage.

Sembène Ousmane

Pourquoi une blanche?

(Extraits du roman «O Pays, mon beau peuple» de Sembène Ousmane)

Après huit ans passés en France, le Casamancien Faye Oumar retourne au domicile paternel. Toute sa famille est au courant qu'il sera accompagné d'une Blanche.

I

10 (La mère attend le couple, debout au milieu de la maison.)

La mère et le fils se regardaient. Les larmes ruisselaient sur le visage de la vieille: elle était déchirée de voir son petit tenir la main d'une toubabe ... Qui était cette femme? Pourquoi avait-elle suivi son fils jusqu'ici? Avait-elle ravi l'amour que lui devait son Hare? Ne savait-elle pas qu'elle, la vieille Rokhaya,
15 n'avait rien à voir avec les blancs? Alors que faisait une blanche avec son petit? Est-ce que le pays des toubabs manquait d'hommes pour que ses filles se mettent à épouser des noirs? Quelle maladie avait eu Hare pour se marier avec celle-là? Les noires ne sont-elles donc plus de son goût, ni assez jolies?

Tant de questions se précipitaient dans sa tête, se heurtaient, la déchiraient!
20 Debout, là, elle sentait cette douleur que seules ressentent les femmes qui portent. Elle examina longuement la blanche. Pour elle, Isabelle n'était pas une femme.

Isabelle ne savait pas au juste si elle était vraiment le sujet du drame qui se jouait entre la mère et le fils. Enfin, Rokhaya se jeta dans les bras de Faye en sanglotant:

25 — C'est mon petit, mon petit à moi, mon Hare-Yala?

— Ne pleure pas, mère... Je ne suis pas mort.

La paume rugueuse, la main de femme esclave de l'homme caressait le visage qu'elle voyait encore enfantin.

— Tu es toujours jeune, sans barbe... Oh, mon fils, tu dois être fatigué!

30 — Je ne suis pas seul, mère.

Sa joie de le revoir lui avait fait oublier son amère déception. Elle se mordit la lèvre. Isabelle était venue rejoindre son mari.

— Bonsour, Madame, dit Rokhaya en serrant la main de sa bru. (Beaucoup d'Ouolofs parlent quelques mots de français.) [...]

35 — Bonjour, Maman, répondit Isabelle.

Rokhaya garda la main blanche dans la sienne, puis attira Isabelle dans une pièce voisine. Malgré sa désapprobation, elle éprouvait un véritable sentiment de femme et de mère. Ce qui l'animait n'était rien d'autre que son droit maternel, l'amour d'une mère qui voit, dans le fruit de ses entrailles, une partie d'elle-
40 même qu'elle doit protéger et qu'elle est toujours prête à défendre. Elle chercha ses mots puis dit:

— Beaucoup solie... Madame, papa, mama, Fransse.

— Oui, répondit la jeune femme dans un souffle.

— Fransse... Loin... Toi, fatiguée? Dormir?

45 Elle désigna à Isabelle un lit de fer.

Elle parlait en secouant la tête. Sous son regard perçant, Isabelle baissait les yeux. Bien que les paroles de sa belle-mère n'eussent rien d'inquiétant, elle était effrayée cependant. Et le fait de ne comprendre qu'à demi ce que Rokhaya lui disait la décourageait encore plus. Elle dévisageait à la dérobée la vieille femme
50 dont le mouchoir noué derrière la tête laissait voir sur les tempes quelques mèches de cheveux gris.

— *Yaye* ... (mère), appela Faye.

— *Caye* ... (viens), répondit la vieille.

— Je ne savais pas que je dérangeais un tête-à-tête, dit Oumar venu les joindre,
55 et il ajouta:

— Ma mère dit que tu es belle et elle espère que tu seras une bonne épouse. Maintenant, il faut que tu viennes avec moi, que je te présente à toute la famille des Faye.

II

(Maintenant, Oumar et sa femme vont retrouver le père.)

60 Le vieux était assis sur une peau de bête, sa tête au cou maigre sortant de la masse blanche de son grand boubou. Il ne se retourna pas, même quand son fils s'accroupit près de lui. Il tenait entre ses doigts un chapelet, ses lèvres s'ouvraient et se refermaient, les perles tombaient sur le sol une à une, tac, tac, tac. La litanie finie, il prit le chapelet entier dans ses mains, souffla dessus, le passa sur sa figure
65 et dit en arabe: «Dieu est grand. Dieu est grand, Mohammed est Son prophète,

qu'Il nous accorde la clémence, la pitié et Son pardon dans ce monde et dans l'autre, qu'Il guide nos esprits comme un enfant le fait d'un aveugle...» Puis, il fit un quart de cercle, face à son fils.

Oumar prit la main qui lui était tendue.

70 — Comment vas-tu, fils ?

— Paix seulement, père.

— Dieu merci, tu nous es revenu sain et sauf ...

[...]

Tout en conversant avec son père, Faye gardait la tête baissée et jouait avec 75 ses doigts comme lorsqu'il était petit. Moussa l'observait pour savoir s'il avait beaucoup changé. Oumar regardait à terre. Selon ses attitudes plus ou moins hardies, un Africain s'aperçoit de l'éducation d'un jeune... (la politesse en Afrique noire serait considérée comme timidité en Europe).

Le silence devint plus pesant. [...]

80 Si seulement il avait pu quitter son père et remettre cette entrevue à demain ! C'était une dure épreuve pour tous les deux, car ils savaient bien qu'un seul sujet leur tenait à cœur.

Vieux portant son grand boubon

«*Pilera-t-elle le mil ?*»

Moussa, voyant la soumission de son fils, attaqua:

— A propos, as-tu pensé à ta mère, le jour de ton mariage?

85 — Énormément!

— Et que t'a dit ta conscience?

Oumar garda le silence. Moussa en profita pour mieux développer sa pensée:

— Tu es un homme maintenant, volant de tes propres ailes... Ma fille n'épousera jamais un blanc. Crois-tu avoir bien fait? Dis? Comment allez-vous vivre
90 ici? Mangerez-vous du maïs? Ta femme ira-t-elle puiser de l'eau? Pilera-t-elle le mil ou bien le feras-tu à sa place? Tu ne pourras pas, dans les jours à venir, manger à table chez moi, il n'y a qu'une cuisine et un plat unique. Si elle ne nous dédaigne pas, peut-être pourra-t-elle plonger sa main blanche dans le gueule...

Cette dernière phrase fut dite sur un ton d'ironie qui cingla aussitôt Oumar.
95 Chaque mot lui semblait un coup de fouet. Il encaissa cependant sans broncher. [...]

Moussa demanda alors à son fils de lui présenter sa femme. Isabelle se trouvait avec sa belle-mère. Oumar alla la chercher. Elle s'approcha avec frayeur. Sa main disparut dans celle de son beau-père. Elle lui remit un paquet et, sur l'invitation
100 de son époux, prit place [...] De la vieille Rokhaya qui restait à l'écart, on ne voyait que le fourneau de sa pipe.

— Merci, fit le terrible vieux. Père et mère Fransse?

Elle fit oui de la tête.

— Content... Ici?...

105 — Oui, répondit-elle.

Les questions de son père déplaisaient à Oumar. Il prit sa femme par les épaules comme pour la guider dans ses réponses. Moussa continuait:

— Y a n'a frères?

— Une sœur, dit Isabelle.

110 — J'espère et souhaite que tu seras une bonne épouse. Et maintenant, vous pouvez partir, dit l'iman à son fils.

Annotations

7 *Sembène, Ousmane:* auteur sénégalais, né en 1923 à Ziguinchor, en Casamance; pêcheur, maçon, ouvrier mécanicien, prisonnier de guerre, docker à Marseille, responsable du syndicat C.G.T., fondateur de l'Association des cinéastes sénégalais — 8 *le Casamancien:* originaire de la Casamance (sud du Sénégal) — 8 *Faye:* nom de famille. Oumar Faye revient avec sa femme blanche; plus tard ses idées rencontrent deux obstacles: les barrières de la tradition et la haine de quelques Blancs; à la fin du roman, Oumar est assassiné — 8 *le domicile:* maison — 9 *être au courant:* savoir — 11 *ruisseler:* couler en quantité et avec force — 12 *être déchiré:* être très malheureux — 12 *la toubabe:* Blanche — 13 *ravir:* faire perdre, enlever — 14 *Hare:* Hare-Yala, surnom qui veut dire: attends Dieu — 15 *ne rien avoir à voir:* n'avoir aucune relation — 16 *le toubab:* Blanc — 19 *se heurter:* se toucher brutalement — 22 *au juste:* exactement — 24 *sangloter:* pleurer avec des mouvements brusques qui soulèvent la poitrine — 27 *rugueux:* qui gratte quand on le touche — 27 *la femme esclave de l'homme:* allusion au fait qu'en Afrique noire la femme sert son mari, elle lui obéit — 27 *caresser:* toucher doucement pour montrer son amour — 33 *bonsour:* orthographe phonétique de bonjour — 33 *la bru:* l'épouse du fils (auj. souvent: belle-fille) — 34 *le Ouolof* (m.): membre d'une ethnie du Sénégal — 37 *la désapprobation:* condamnation, blâme — 39 *les entrailles* (f.): ventre, bas-ventre — 42 *solie:* orthographe phonétique: jolie — 42 *Fransse:* orthographe phonétique: France — 46 *le regard perçant:* regard attentif qui pénètre tout — 46 *baisser:* contraire de: lever — 48 *être effrayé:* avoir très peur — 49 *dévisager:* regarder avec insistance — 49 *à la dérobée:* en cachette, furtivement

— 50 *le mouchoir noué:* pour absorber la sueur — 57 *je te présente à toute la famille:* geste obligatoire en Afrique — 60 *la peau de bête:* les Musulmans font leurs prières quotidiennes sur un tapis ou sur une peau de bête — 61 *le grand boubou:* vêtement africain, très ample, descendant jusqu'aux pieds et ouvert de chaque côté sur presque toute sa longueur — 62 *s'accroupir:* plier les jambes, le derrière sur les talons — 64 *le chapelet:* sorte de collier à petites boules qu'on fait glisser entre les doigts en priant — 66 *la clémence:* pardon — 71 *paix seulement:* Alaykum Salam = la paix (salam) soit avec toi (Alaykum) — 76 *Selon ses attitudes . . . en Europe:* En Afrique, on se rend compte de l'éducation des jeunes selon leur comportement, leur attitude hardie ou réservée. En Afrique, selon l'éducation traditionnelle, les jeunes sont tenus d'avoir un comportement respectueux vis à vis des gens âgés: ils doivent montrer beaucoup de retenue, une attitude modeste. Cette bonne éducation est surtout conservée dans les familles musulmanes — 77 *hardi:* décidé, résolu — 77 *s'apercevoir de:* se rendre compte de — 80 *l'entrevue* (f.): rencontre pour parler des choses importantes — 83 *la soumission:* grande obéissance — 88 *ma fille n'épousera jamais un blanc:* en Afrique, surtout au village, c'est très souvent le père qui marie les filles — 90 *puiser de l'eau:* prendre de l'eau dans un puits — 90 *piler:* écraser dans un mortier avec un pilon — 91 *le mil:* Hirse; le mil est la nourriture de base en Afrique noire, piler le mil est une des obligations primaires de la femme — 92 *le plat unique:* beaucoup d'Africains mangent un seul plat (du mil avec une sauce) servi dans un seul récipient — 93 *dédaigner:* mépriser — 93 *le gueule:* ici: assiette en bois (annotation de Sembène) — 94 *cingler:* sens propre: frapper avec une baguette fine qui fait mal; sens figuré: toucher beaucoup, faire de la peine — 95 *encaisser:* supporter — 95 *broncher:* murmurer — 98 *la frayeur:* très grande peur — 100 *à l'écart:* séparé, à part — 101 *le fourneau:* partie de la pipe où l'on met le tabac — 101 *sa pipe:* la mère fume, geste qui ne choque pas l'Africain du fait que Rokhaya est une femme âgée — 108 *y a n'a frères?:* incorrect, plutôt: tu as des frères? — 111 *l'iman* (m.): homme qui, dans la mosquée, dirige les prières

Sujets d'étude

1. Comment le texte décrit-il le physique de la mère?
   Comment se manifestent son amour et sa joie de revoir son Hare-Yala après une si longue absence?
   Dégagez ce que ressent la vieille Rokhaya envers la décision de son fils de se marier avec une Blanche en vous basant sur la série de questions de la vieille.
   Comment accueille-t-elle Isabelle? Comment la trouve-t-elle?

2. Examinez les passages vus dans la perspective d'Isabelle. Quel état d'âme de la femme blanche révèlent-ils?

3. Comment le vieux Moussa est-il décrit?
   Quelle est son attitude envers son fils?
   Qu'est-ce qui précède l'entretien entre père et fils avant que Moussa n'amène la conversation sur le mariage? Par quelle constatation le vieux admet-il que son fils prenne sa propre responsabilité? Penserait-il la même chose si sa fille était concernée? Dans quelles questions la désapprobation du vieux se manifeste-t-elle?

4. Quel est l'effet du discours du père sur le fils?
   A quel égard les questions du père «déplaisaient»-elles à Oumar?
   A quel signe le lecteur voit-il que le fils soutient sa femme?

5. Comparez
   — l'attitude de la mère avec celle du père dans les scènes présentées,
   — la manière dont les deux parents finissent, malgré tout, par dire oui.

6. Qu'apprend le lecteur à propos des obligations quotidiennes d'une femme africaine? Qu'est-ce qui, d'après le texte, caractérise la relation parents — enfants en Afrique noire?

7. Que pensez-vous d'un mariage entre des personnes de deux cultures différentes?

Mariage en Noire et Blanc

Voici le cas d'une jeune Africaine qui s'est mariée avec un Blanc. Le quotidien voltaïque l'Observateur, à Ouagadougou, a rencontré le couple «domino» auquel il a demandé l'interview suivant:

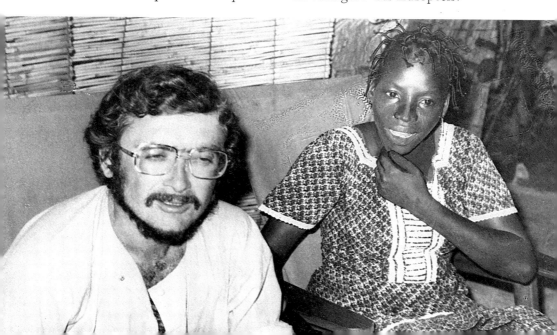

L'Observateur: Vous vous êtes connus où?

M. Giglio: A Tam-Sin où j'ai une case.
Je travaillais pour un petit organisme italien.

Mme Giglio: C'est là qu'il m'a fait la cour et j'y ai répondu favorablement.

L'Observateur: Quelle était la réaction de vos parents?

Mme Giglio: Oh là ...
Ils étaient terriblement contre. Mais ils n'y pouvaient rien. Les jeux étaient déjà faits et ma décision prise.

M. Giglio: Ce n'était pas à vrai dire ses propres parents, mais plutôt ceux de la grande famille.

L'Observateur: Pourquoi? Parce qu'il était un étranger? Un Européen?

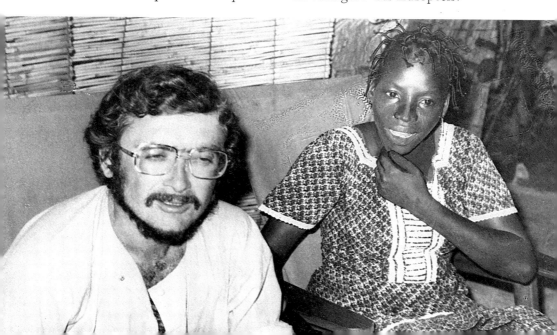

Mme Giglio:	Voyez-vous, j'avais dit à mon père, lorsque j'étais encore enfant, que je ne voulais pas me marier; parce que j'avais assisté à une cérémonie de salutations de mariage: Celle de ma sœur aînée à qui on avait donné tout bonnement un mari. J'ai dit à papa que je voulais choisir moi-même, le moment venu, mon mari. J'ai été gourmandée. J'ai toutefois répété que je choisirais mon homme selon mon cœur.
L'Observateur:	Pour quelle raison précise était-on contre votre amour?
Mme Giglio:	On m'avait destinée à un autre homme. C'est le plus vieux de ma famille qui me l'avait choisi, car c'est lui qui est en quelque sorte le marieur attitré. Mon père n'était pas d'accord, conformément au vœu que j'avais formulé. Par conséquent, il ne voulait pas qu'on m'y oblige.
L'Observateur:	Comment étiez-vous reçu dans sa famille?
M. Giglio:	Ecoutez...
	J'ai scrupuleusement respecté la coutume. J'étais chez mon hôte. Je lui ai dit de solliciter la main d'Alimata (que je voyais depuis trois ans) pour moi. On lui a répondu qu'elle avait un fiancé. Pourtant Alimata et moi nous nous aimions et avions des projets. Je lui ai alors proposé de s'enfuir avec moi. Nous avons donc fui ensemble un mercredi. Nous sommes montés à Ouagadougou. Je l'ai confiée à son frère chez qui elle est restée trois jours. Puis je l'ai ramenée à Tam-Sin. Son père nous a affirmé que désormais ce serait plus compliqué mais qu'on pouvait compter sur son soutien, sa compréhension et son aide. Une anecdote amusante: Après notre fugue, le père d'Alimata a autorisé sa fille à me fréquenter. Un voisin lui a barré un jour le chemin avec un gros bois à la main pour l'empêcher de me rejoindre dans ma concession où j'étais en train de me laver. C'est dire combien certains me gardaient rancune ... aujourd'hui encore, malheureusement. Dis, chérie, on ne t'a pas dit que j'allais te rendre enceinte pour prendre ensuite le large, sans laisser d'adresse?
Mme Giglio:	Oui; mais j'ai aussi répliqué qu'on me laissât tranquille, que cela était mon affaire.
L'Observateur:	Pourquoi l'avez-vous enlevée?
M. Giglio:	J'avais peur pour elle. Un malheur pouvait lui être vite arrivé. Voilà pourquoi j'ai emprunté la mobylette d'un ami pour l'enlever et l'emmener à Ouagadougou. Je ne suis pas allé avec ma moto habituelle cette nuit-là parce que le bruit de mon moteur aurait tout de suite éveillé l'attention des habitants de la famille.
L'Observateur:	Aviez-vous peur, Madame?
Mme Giglio:	Ouais! Je n'allais plus au marché. Je me méfiais des repas qu'on apportait d'ailleurs, ne mangeant que ceux préparés par ma mère ...

44

L'Observateur:	Qu'est-ce qui vous a attiré en Alimata, sa beauté, sa race?
M. Giglio:	La race? Pour moi, toutes choses sont égales, toutes les races se valent. La différence est notre richesse. Evidemment, je trouve Alimata très belle.

65 *L'Observateur:* Où avez-vous été mariés?

Mme Giglio: A la sous-préfecture de Boussé.

L'Observateur: Et l'irréductible opposant, le vieux de la famille, était-il de la fête?

Mme Giglio: Il n'est pas venu personnellement: il s'est fait représenter par un
70 de ses fils.

M. Giglio: Ce jour-là, je me suis disputé avec l'Officier de l'Etat Civil car il a commencé à célébrer notre mariage en demandant à ma belle famille si elle était d'accord... J'ai protesté pour dire qu'il devait d'abord nous poser la question de savoir si on se voulait
75 pour mari et femme... Savez-vous ce qu'il m'a répondu? «Vous voulez faire à la manière des Blancs, ici il faut de la souplesse».

L'Observateur: Avez-vous organisé une grande «bamboula»?

M. Giglio: Non. C'est du gaspillage inutile. Si je dois mettre cinq cent mille FCFA pour faire la bamboula, je préfère de loin dépenser cette
80 somme pour creuser un puits pour les paysans.
Du reste, nous allons nous marier à nouveau en Italie. En Haute-Volta, nous avons été unis sous le régime coutumier.

L'Observateur: Quelle a été l'attitude de vos parents lorsque vous leur avez annoncé que vous alliez épouser une Noire africaine?

85 *M. Giglio:* Elle n'était pas hostile.

L'Observateur: Et comment réagit la société à votre égard?

Mme Giglio: Bof! Que l'on nous admire ou que l'on nous blâme, pour moi, c'est sans importance. J'ai fait un choix et je ne regrette rien. Il y a des gens qui m'insultent, qui me disent que je ne vaux rien
90 et que j'ai épousé le «Blanc» pour son argent. Bien sûr, cela me fait mal parfois.

M. Giglio: J'ai des amis européens qui voient mal notre union. Ils ne le disent pas, mais il suffit de les observer. Un jour, on nous a reçus tous les deux, on m'a offert de m'asseoir et on s'est excusé de
95 manquer de chaise pour ma femme. C'était un Européen: une personnalité.
A côté de ces gens-là, il y en a aussi qui nous admirent franchement, sans hypocrisie.

L'Observateur: Recevez-vous les visites des parents de Tam-Sin?

100 *M. Giglio:* De temps en temps. Mais je vous rappelle qu'il y a encore des gens de sa famille qui s'opposent à notre union. Après notre mariage, mon épouse est allée au village. On lui a coupé les cheveux au ras de la tête parce qu'on les trouvait trop longs.

L'Observateur: Combien voulez-vous d'enfants?

105	Mme Giglio:	Cinq: deux que je donnerai au village à mes parents et les trois autres dont je m'occuperai personnellement.
	M. Giglio:	Je crois que trois est un nombre raisonnable.
	L'Observateur:	Des prénoms africains ou européens pour eux?
	Mme Giglio:	J'y penserai en temps opportun.
110	M. Giglio:	En Europe, ce sera un prénom européen. Mais comme j'ai l'intention de vivre ici, ce sera certainement un prénom mossi.
	L'Observateur:	Etes-vous d'une même confession religieuse?
	M. Giglio:	Moi, je suis Chrétien.
	Mme Giglio:	Moi, Musulmane.
115		La religion n'est pas un handicap entre nous.

Interviewer: Patrick Ilboudo

Annotations

2 *le quotidien:* journal publié chaque jour — 2 *voltaïque:* de Haute-Volta — 3 *le couple:* mari et épouse — 3 *le domino:* jeu qui se joue avec des rectangles blancs marqués de points noirs — 3 *le couple domino:* ici: couple noir et blanc (mixte) — 6 *Tam-Sin:* village situé en banlieue de Ouagadougou — 6 *la case:* petite maison africaine — 7 *l'organisme* (m.): groupe de gens qui travaillent dans un projet (de développement) — 8 *faire la cour à une fille:* lui faire sentir son affection (amour) — 8 *répondre favorablement:* dire oui, être d'accord — 17 *assister:* être présent et voir — 18 *la sœur aînée:* la sœur la plus âgée — 19 *tout bonnement:* tout simplement, sans lui demander — 21 *gourmander:* critiquer — 24 *destiner:* promettre — 26 *le marieur attitré:* membre de la famille qui est chargé de marier les jeunes filles; un marieur attitré doit d'abord envoyer des gens demander la main de la fille (annoncer son engagement); si les parents de la fille sont d'accord il s'ensuit des cérémonies de salutations aux différents parents (grands-parents, oncles etc); ces salutations sont accompagnées de dons en nature ou en espèce (argent) — 27 *le vœu:* souhait — 28 *obliger:* forcer — 31 *l'hôte* (m.): homme qui joue le rôle du beau père, un intermédiaire; si le jeune homme n'a pas son père sur place, c'est son hôte qui est chargé des démarches, des négociations — 32 *solliciter la main:* demander en mariage — 36 *monter:* aller (vers le Nord) — 37 *confier à qqn.:* laisser chez qqn. (pour qu'il la protège) — 40 *le soutien:* aide — 41 *la fugue:* fuite (avec une nuance d'aventure) — 42 *fréquenter:* voir, rendre visite — 42 *barrer le chemin:* empêcher qqn. de passer — 43 *rejoindre:* rencontrer, se placer à côté de — 44 *la concession:* ensemble de cases ayant une cour commune — 45 *la rancune:* contraire de; pardon, oubli d'un grief envers qqn. — 45 *garder rancune:* ne pas vouloir oublier le grief, l'affront etc. — 47 *rendre enceinte une fille:* lui faire un enfant — 48 *prendre le large:* partir, s'en aller, disparaître — 51 *enlever qqn.:* prendre qqn. à sa famille, kidnapper — 56 *l'habitant* (m.): habitants de la famille, ici: membres de la famille, habitants du village — 58 *se méfier:* ne pas avoir confiance — 61 *attirer:* fasciner — 63 *se valoir:* avoir la même valeur — 66 *la sous-préfecture:* bureau du sous-préfet, donc de la personne qui est chargée par le gouvernement de s'occuper d'un arrondissement (partie du département) — 66 *Boussé:* petite ville à 100 km au nord-ouest de Ouagadougou — 67 *irréductible:* qui ne veut pas changer d'avis, qui est toujours contre — 68 *être de la fête:* participer à la fête, y être présent — 71 *se disputer:* se quereller — 71 *l'Officier* (m.) *de l'Etat Civil:* Standesbeamter — 76 *la souplesse:* tact, adresse, diplomatie, habileté — 77 *la bamboula:* mot familier: grande fête avec viande, boissons, chant et danses — 78 *le gaspillage:* dépenses d'argent inutiles — 78 *500 000 FCFA:* environ 3 400 marks (1984), CFA: Communauté Financière Africaine — 80 *creuser un puits:* faire un trou profond dans la terre pour obtenir de l'eau — 82 *sous le régime coutumier:* après les règles de la tradition — 85 *hostile:* contre, très opposé à — 86 *à votre égard:* en ce qui concerne votre personne — 87 *blâmer:* critiquer sévèrement — 88 *c'est sans importance:* cela m'est égal — 89 *insulter:* offenser, dire des mots qui font mal — 98 *l'hypocrisie* (f.): affecter des sentiments qu'on n'éprouve pas, faire montre d'une attitude contraire à ses véritables sentiments. — 102 *couper les cheveux au ras de la tête:* raser — 109 *en temps opportun:* quand le temps qui convient est venu

Sujets d'étude

1. Comment M. Giglio a-t-il connu sa femme?
   Ils forment tous deux un couple peu orthodoxe;
   qu'est-ce qui les rapproche, qu'est-ce qu'ils n'ont pas en commun?
   Comment jugent-ils leurs différences?

2. Comment se sont-ils mariés (mariage religieux, mariage civil, mariage tradition-nel)?
   Expliquez la protestation de M.Giglio; quelle est la «*manière des Blancs*»? Commentez la réponse de l'Officier de l'Etat Civil.
   Que prévoit la coutume en cas de mariage?
   M. Giglio a-t-il respecté la tradition? D'apès vous, pour quelle raison?

3. Est-ce que l'acte du mariage fut suivi d'une grande fête? Raison?
   Comment le chef de la grande famille s'est-il comporté le jour de la fête nuptiale? Pourquoi?
   Quel a été le jugement de la grande famille de Mme Giglio à l'égard du mariage? Pourquoi? Comment s'est manifesté le jugement de la famille? Comment s'explique le comportement du père d'Alimata?

4. Comment les parents du jeune homme ont-ils réagi à la nouvelle du mariage de leur fils avec une Noire?
   Quelle a été la réaction des amis blancs de M. Giglio?
   Comment le couple réagit-il à l'attitude d'autrui?

5. Les membres de la famille, par leur refus, ont-ils pu influencer Mme Giglio en leur faveur?
   Appréciez l'importance de la décision de la jeune femme:
   Comment se révolte-t-elle contre la tradition?
   Quel épisode l'a fait désobéir à la coutume?
   A-t-elle été menacée d'un sort semblable?
   Comment a-t-elle pu échapper à ce danger?

6. La famille, par son refus, a-t-elle constitué un danger réel pour Mme Giglio avant le mariage? Comment Mme Giglio s'est-elle comportée vu la situation donnée?
   Quel rôle M. Giglio a-t-il joué dans cette situation tellement dangereuse pour Ali-mata? Relatez le déroulement et l'effet de leur fuite aventureuse.

7. Le mariage a-t-il changé quelque chose dans l'attitude de la famille africaine?
   Mme Giglio, après tout ce qu'elle a vécu, se sent-elle toujours liée à sa famille?

8. La tradition africaine veut que l'enfant obéisse à ses parents sans discuter; elle exige, de plus, que l'épouse soit soumise à son mari. Mme Giglio correspond-elle à cette image traditionnelle? Commentez sa révolte et aussi son maintien pendant l'inter-view. Essayez de la caractériser un peu.

7 Les «nouveaux Blancs»

Quand les pays africains recouvrent l'indépendance, le maître colonial blanc s'en va. Le Blanc qui, de nos jours, travaille au pays des Noirs est le coopérant.

Le coopérant vient d'Europe et d'Amérique du Nord; il est agriculteur, forestier, 5 économiste, constructeur, mécanicien, médecin, professeur, éleveur, vétérinaire; en Afrique, il travaille souvent sous des conditions pénibles.

La description humoristique qui suit est un portrait volontairement exagéré.

Le coopérant climatisé

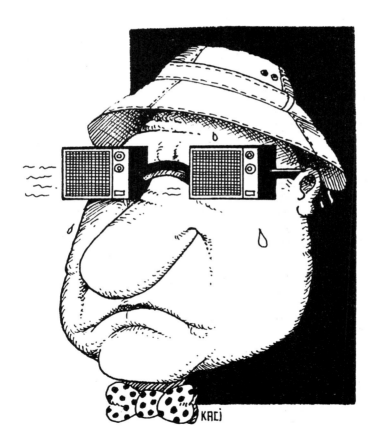

COOPÉRANTS
On les rencontre dans les salles de classe, les couloirs
ministériels ou les jardins des ambassades du continent.

Il dort en climatisé, avec une femme climatisée, il monte dans sa voiture
10 climatisée, et va dans son bureau climatisé.

Il mange en climatisé de la nourriture surgelée. Il voyage en climatisé, fait ses
courses dans des magasins climatisés, va au cinéma dans des salles climatisées,
sort et ira boire un pot dans un café climatisé.

Qu'est-ce qu'il connaîtra, au bout de trois, quatre ans, de l'Afrique et des
15 Africains? La climatisation.

Extrait de: Croquis au vitriol

Annotations

2 *recouvrer qqch.:* rentrer en possession de qqch., retrouver — 2 *l'indépendance* (f.): 1960 a été, en Afrique,
la grande année de l'indépendance. Dix -sept pays, en l'espace de quelques mois, deviennent responsables
de leur destin. En 1960, les pays placés sous tutelle française (Togo et Cameroun), Madagascar et tous
les Etats des anciennes Afriques occidentale et équatoriale françaises accèdent à la complète souveraineté:
Sénégal, Mali (ancien Soudan), Mauritanie, Niger, Haute-Volta, Dahomey, Côte-d'Ivoire, Tchad,
République Centrafricaine, Congo, Gabon. La même année, le Zaïre (ex-Congo belge) accède lui
aussi à l'indépendance. — 4 *l'agriculteur* (m.): homme qui cultive les champs — 4 *le forestier:* homme qui
surveille et protège les forêts, ici: personne responsable du reboisement (Wiederaufforstung) —
5 *l'économiste* (m.): personne spécialisée dans l'étude des phénomènes économiques — 5 *l'éleveur* (m.):
personne qui élève des animaux (du bétail) — 5 *le vétérinaire:* médecin des bêtes — 6 *pénible:* qui donne
du mal, de la fatigue; difficile — 7 *volontairement:* avec intention — 8 *le coopérant climatisé:* il a deux
climatiseurs devant ses yeux (climatiseur: appareil qui assure la climatisation,qui maintient l'atmosphère
d'une salle, d'une chambre, à une temperature agréable) — 9 *dormir en climatisé:* dormir dans une chambre
climatisée (donc par une température agréable) — 11 *surgelé:* conservé par le froid — 13 *le pot:* fam.: ce
qu'on boit pour se rafraîchir (boissons alcooliques ou «sucreries») — 13 *le café:* bistrot, bar — 16 *le croquis:*
dessin, esquisse — 16 *le vitriol:* acide très corrosif (très fort) — 16 *croquis au vitriol:* ici: dessin ironique
et très agressif

Sujets d'étude

1. Qu'est-ce que l'auteur veut exprimer par ce portrait?

2. Montrez l'exagération.

3. Décrivez la caricature et dégagez la critique.

«Ces nouveaux Blancs sont les frères du chef»

Le chef d'un village de la forêt, dans un discours, fait comprendre la raison pour laquelle les villageois refusent la culture du coton. Il expose ce problème au narrateur André Juvenal, coopérant français, et à l'Africain Jean-Pierre, inspecteur pour la société
5 qui est chargée de développer la culture du coton dans la région forestière.

— Il dit qu'il est très difficile de faire planter du coton aux gens, parce que pour eux, le coton, c'est du travail forcé. Ils l'ont entendu dire par les gens de la savane. En savane, après la guerre, les Blancs ramassaient les gens pour leur faire planter du coton, et le coton allait aux Blancs, pas aux paysans, et les coups de
10 chicotte servaient de salaire. Alors, quand l'indépendance est arrivée, ils ont arrêté de planter du coton, puisque l'indépendance avait supprimé le travail forcé. Et maintenant, le gouvernement leur demande de recommencer à planter du coton. Maintenant, le prix du coton est pour les paysans, pas pour les Blancs, et personne ne viendra distribuer des coups de chicotte pour que le travail avance
15 plus vite. Mais les gens ne veulent pas comprendre ça, ils disent que c'est le travail forcé qui revient, et ils refusent. Voilà ce que dit le chef, pour expliquer qu'il n'y ait rien de fait depuis mon dernier passage. C'est une drôle d'explication. Elle est juste en savane, quoiqu'elle commence à dater. Mais ici, c'est la première fois qu'on leur demande de planter du coton: ils parlent du travail forcé sur les champs
20 de coton par ouï-dire ...

L'interprète a traduit la dernière phrase de Jean-Pierre au chef. Le chef a prononcé quelques paroles brèves. La traduction est revenue à Jean-Pierre qui m'a expliqué sans sourciller:
— Il dit que c'est comme ça. Les gens croient ce qu'on leur a raconté. Il n'y
25 peut rien.

Les inévitables litres de vin rouge commençaient à circuler. J'étais fatigué par la route, la chaleur de midi et les palabres qui se succédaient depuis mon arrivée. Si j'avalais une gorgée de ce produit algérien importé par des Français et revendu aux nègres par des Syriens, j'allais tomber. J'ai donc refusé le verre
30 qu'on me tendait. Le chef a fait signe à son truchement qui a insisté pour que je prenne le verre. J'ai encore refusé, et le chef a prononcé un nouveau discours, du même ton comminatoire, que le truchement a traduit à l'adresse de Jean-Pierre. J'ai vu Jean-Pierre réprimer un sourire.

35 — Le chef pense que tu es fâché parce qu'il a parlé des mauvais Blancs et du travail forcé à coups de chicotte. Il dit que ces Blancs-là sont tous partis, le président les a chassés. Les Blancs qui viennent maintenant ne sont plus du tout les mêmes. On voit bien qu'ils viennent seulement pour nous aider. Ces nouveaux Blancs sont les frères du chef, ils seront toujours reçus chez lui comme s'ils étaient de sa famille. Toi, par exemple, tu es un bon Blanc, ça se voit comme le nez au
40 milieu de la figure, a-t-il ajouté sans que sa voix trahisse la moindre ironie. C'est pourquoi le chef te demande de boire cet excellent vin de France et d'Algérie avec lui.

J'ai donc laissé le boy remplir mon verre.

Extrait de: Jean Chatenet, Petits Blancs, vous serez tous mangés

Annotations

3 *le coton:* Baumwolle — 5 *forestier:* de la forêt — 8 *ramasser:* rassembler, aller chercher — 10 *la chicotte:* fouet ou bâton — 10 *servir de:* tenir lieu de — 11 *supprimer:* abolir — 17 *depuis mon dernier passage:* depuis ma dernière visite — 17 *une drôle d'explication:* une explication bizarre — 18 *dater:* ne plus être d'actualité, être ancien — 20 *par ouï-dire:* par un bruit qui court — 27 *la palabre:* longue discussion — 28 *la gorgée:* petite quantité de liquide — 30 *le truchement:* intermédiaire — 32 *comminatoire:* menaçant — 44 *Jean Chatenet:* né à Paris en 1932, études à la Sorbonne, auteur de six romans, a passé deux ans en Afrique occidentale pour lancer une opération destinée à adapter aux besoins d'un auditoire en majorité rural les programmes de radio d'un pays en voie de développement

Sujets d'étude

1. Qu'est-ce que le gouvernement du pays africain a demandé aux paysans de faire? Qu'est-ce qu'il leur a promis?
   Comment, d'après le chef du village forestier, les paysans justifient-ils leur refus?
   Quelle objection l'inspecteur africain fait-il après l'explication du chef?
   Comment le chef se tire-t-il d'affaire?

2. Quelle est la boisson offerte après que le narrateur ait appris le motif du refus des paysans? Pour quelle raison n'accepte-t-il pas le verre de vin?
   Comment le chef interprète-t-il le refus répété du Blanc?
   Comment le narrateur se laisse-t-il persuader de renoncer à son refus?

3. Comment le chef caractérise-t-il
   a) le mauvais Blanc?
   b) le bon Blanc?
   Comment le chef est-il caractérisé
   a) dans sa tentative d'expliquer l'attitude des paysans?
   b) dans sa tentative de faire boire le Blanc?

8 La pauvreté et l'abondance

Ce chapitre traite des cas concrets d'aide au développement:
Par une annonce publicitaire, une association bénévole cherche des donateurs.
Le deuxième document est une lettre de remerciement pour un don, adressée à un
consul allemand.
L'article, enfin, montre dans un cas honteux que parfois ceux qui auraient besoin
d'aide en sont privés.

Voulez-vous être le parrain d'un "enfant-du-bout-du-monde" comme moi?

Grâce à vous, cet enfant apprendra à lire et à écrire et vous transformerez sa vie.

N'hésitez-pas : parrainez un enfant dans la détresse; c'est un geste que vous pouvez faire !

Gloriose, fillette du Burundi, petit pays francophone d'Afrique Centrale, n'avait pas l'espoir d'un avenir meilleur. Tous les jours, elle connaissait des conditions de vie très difficiles. Même à l'école, où elle va maintenant, tout manquait.
Comment avoir une vie décente ?

Aujourd'hui, Gloriose est parrainée par une famille française : elle a enfin une scolarité normale. C'est donc pour elle la possibilité de changer son avenir et celui de sa famille.

Mais tant d'autres enfants de l'Inde et de l'Afrique attendent votre aide.

Parrainer un enfant déshérité, c'est un engagement important, mais vous pouvez vous le permettre.

Calculez vous-même : pour 100 F par mois seulement, vous pourrez rendre l'espoir à un enfant du Tiers-Monde. 100 F par mois, c'est une somme qui ne vous privera de rien d'essentiel, mais qui est vitale pour lui (don déductible de vos revenus imposables dans la limite fixée par la loi).

Demandez à Aide et Action de vous présenter votre "filleul-du-bout-du monde".

Nous vous ferons parvenir une photo de l'enfant avec quelques lignes sur son histoire personnelle. Ce dossier est unique, c'est le vôtre. L'idéal serait que vous vous engagiez à aider cet enfant sur plusieurs années*, car votre filleul ira à l'école primaire de son village pendant 7 ans environ. Vous recevrez des nouvelles de la vie des écoles et des progrès des enfants et vous pourrez écrire sur place, si vous le désirez.

Aujourd'hui, plus de 13 500 filleuls vont à l'école grâce aux parrains et marraines d'Aide et Action. Nous connaissons encore des milliers d'enfants qui ont besoin de votre aide.

Aide et Action
78 / 80, rue de la Réunion 75020 Paris - Tél : 373.52.36

* et si vous deviez interrompre votre parrainage, Aide et Action s'engage à trouver un nouveau donateur pour l'enfant.

Annotations

1 *l'abondance* (f.): richesse — 3 *l'association bénévole:* organisation qui offre de l'aide gratuitement (à titre gracieux), p. ex. Croix-Rouge, Secours catholique, Comité contre la faim — 3 *le donateur:* bienfaiteur — 4 *le don:* ce qu'on donne, argent ou autre chose — 6 *honteux:* qui éprouve de la confusion — 7 *être privé de:* ne pas recevoir, ne pas avoir — 9 *enfant-du-bout-du-monde:* enfant qui vit dans un pays très éloigné d'ici — 13 *la détresse:* misère, situation malheureuse — 15 *la fillette:* petite fille — 15 *le Burundi:* république de l'Afrique centrale — 20 *décent:* correct, convenable — 22 *la scolarité:* formation (à l'école) — 27 *déshérité:* très pauvre — 33 *vital:* nécessaire pour la vie — 34 *déductible:* steuerlich abzugsfähig (absetzbar) — 34 *le revenu:* argent qu'on gagne — 34 *imposable:* steuerpflichtig, versteuerbar — 36 *Aide et Action:* association bénévole — 39 *faire parvenir:* envoyer — 41 *le dossier:* ici: ensemble des papiers qui concernent la vie de l'enfant en question — 41 *unique:* il n'en existe aucun autre

Sujets d'étude

1. Quel but cette publicité de l'association «Aide et Action» poursuit-elle?
   Expliquez, dans le contexte donné, la signification des mots «*parrain*», «*parrainage*», «*parrainer*», «*marraine*», «*filleul*».
   Par quelles informations l'association essaie-t-elle de donner au lecteur l'envie d'un parrainage?

2. Comment la publicité est-elle faite?
   (genre et effet de la photo choisie, arrangement des informations données, vocabulaire: choix des mots, mots-clés, syntaxe,
   particularités typographiques: phrases imprimées en caractères gras, soulignement, note mise au bas de la publicité, etc.)

3. Diriez-vous que la publicité est bien faite?
   Les informations données vous suffisent-elles ou auriez-vous d'autres questions à poser?

4. Que pensez-vous d'une telle action?

Une lettre de remerciement

Monsieur le Consul,

J'espère que cette lettre vous trouvera en parfaite santé ainsi que votre famille. Au village, on parle toujours de votre visite dont nous gardons un excellent
5 souvenir. Les villageois m'ont chargé de vous transmettre leur profonde gratitude pour votre aide magnanime ainsi qu'à tous les généreux donateurs de la paroisse de M.-H. Je prends le grand plaisir de faire cette commission avec une immense joie et empressement. C'est avec affection que les villageois entourent

«Nous gardons un excellent souvenir de votre visite»

le puits garni maintenant de la nouvelle pompe, puits qui demeure désormais
10 le symbole de leur existence, la source intarissable de leur vie. Les longues marches
pour puiser l'eau à la mare du village voisin, ces corvées quotidiennes de nos
femmes ont ainsi pris fin. Il y aura même de l'eau maintenant pour cultiver un
peu les choux, les tomates et le koumba que nous pourrons vendre sur les marchés
de brousse. Ici, tout va bien. Il y a eu deux fortes pluies fin-juillet et mi-août,
15 mais depuis trois semaines, il n'a plus plu, et nos villageois commencent à se
soucier du mil et regardent le ciel avec une profonde inquiétude. Le deuil suite
au décès de la jeune Poko a été grand. Les accoucheuses disent qu'elles n'ont
jamais connu une complication pareille. Le vieux Issaka, furieux d'abord, est
accablé de tristesse que deux de ses fils ont quitté le village pour la ville. Fin juin,
20 la première année scolaire s'est terminée dans notre petite école. Nos enfants
ont bien travaillé. Si nous avions l'argent nécessaire, nous pourrions nous payer
des tôles pour une autre salle de classe. Sur ce, je termine en vous renouvelant
une fois de plus notre profonde gratitude; je vous prie, d'accepter, Excellence,
pour vous et tous nos bienfaiteurs, l'assurance de notre considération distinguée.

25

K.

(Pasteur)

Le Directeur d'une école primaire de brousse au milieu de sa salle de classe

Annotations

6 *magnanime:* généreux — 8 *l'empressement* (m.): hâte — 9 *garni de:* pourvu de — 10 *intarissable:* qui ne peut être mis à sec, l'eau coule toujours — 11 *les corvées* (f.): travaux domestiques — 11 *quotidien:* de chaque jour — 13 *le chou:* Kohl — 13 *le koumba (kumba):* sorte d'aubergine — 16 *le mil:* aliment de base en Afrique — 16 *le deuil:* tristesse après la mort de qqn. — 17 *le décès:* mort — 17 *Poko:* femme — 17 *l'accoucheuse* (f.): femme qui aide à mettre un enfant au monde, sage-femme traditionnelle — 18 *Issaka:* prénom musulman, Isaak — 19 *que:* ici: parce que — 22 *la tôle:* feuille de fer pour couvrir une maison (le toit est en tôle) — 25 *le pasteur:* prêtre de la religion protestante

Femme portant un canari (bronze)

Sujets d'étude

1. Exposez le sujet principal de la lettre.

2. Donnez un résumé structuré de la lettre.

3. Commentez les informations données concernant
   — la plainte des accoucheuses,
   — l'accablement du vieux,
   — l'avenir du village.

4. Faites une liste des formules de politesse qui figurent dans la lettre.
   Énumérez les expressions qui montrent la reconnaissance des villageois.

5. Commentez le style dont se sert l'auteur dans sa lettre.

C'est ça, le développement ?

Sukhéna, une journalière de l'usine, emballe à longueur de journée du poisson qu'elle ne peut acheter parce qu'il est trop cher, poisson qui sera consommé par le chat de Madame Chantal Pénélope d'Artagnan de Laborderie dans le 5 16e arrondissement à Paris.

Mais Mme d'Artagnan, âme charitable, donne de l'argent à une organisation bénévole qui envoie du lait en poudre et d'autres aliments riches en protéines pour nourrir «les pauvres» du pays de Sukhéna.

Une partie de ce lait en poudre donné pour distribution gratuite est détournée 10 par un haut fonctionnaire, (qui se trouve être un des actionnaires de l'usine où travaille Sukhéna) et revendue sur le marché local.

Sukhéna qui vient de mettre au monde un enfant, ne peut prendre de congé de maternité. Par conséquent comme elle ne peut allaiter son enfant, vu qu'elle travaille à l'usine, elle va au dispensaire du coin où on lui donne gratuitement 15 du lait en poudre. Elle est toute heureuse et fière de pouvoir allaiter son bébé au biberon «comme la femme blanche du directeur de l'usine».

La deuxième livraison de lait en poudre est mystérieusement détournée en cours de route. Le dispensaire ne peut plus en offrir. Sukhéna, dont le lait s'est tari, ne peut acheter le lait en poudre trop cher. Elle donne à son bébé une bouillie 20 de céréales très déficiente sous l'angle nutritif.

Madame Chantal Pénélope d'Artagnan de Laborderie reçoit une lettre de remerciement de l'organisme bénévole qui expédie le lait en poudre.

Le haut fonctionnaire achète une nouvelle voiture pour sa 3e épouse grâce au produit de la vente du lait en poudre détourné.

25 Privé de lait, le bébé de Sukhéna meurt de sous-alimentation.

C'est ça, le développement ?

Extrait tiré de l'article: Quand ceux qui ont faim, Famille et Développement

Le Biberon a tué en Afrique plus de bébés qu'il n'en a sauvés

Annotations

2 *Sukhéna:* prénom musulman — 2 *la journalière:* ouvrière payée à la journée; «en moyenne, le salaire quotidien d'une journalière varie entre 250 F CFA et 1 000 F CFA» (note de la journaliste) — 2 *emballer:* mettre dans une caisse (une boîte, un carton) pour le transport — 2 *à longueur de journée:* toute la journée — 5 *16e arrondissement:* quartier chic résidentiel de Paris — 6 *l'âme* (f.) *charitable:* personne qui donne aux pauvres — 7 *le lait en poudre:* Milchpulver — 7 *l'aliment* (m.): nourriture — 9 *détourner:* utiliser pour son avantage personnel (la personne en question garde une grande quantité du don pour elle et vend le lait à des commerçants pour remplir ses propres poches) — 10 *le fonctionnaire:* personne qui travaille au service de l'Etat — 11 *local:* du village, de la ville — 12 *le congé de maternité:* avant et après la naissance de l'enfant la mère dispose d'une période de congé (elle n'est donc pas obligée de travailler)

— 13 *vu que:* comme, puisque — 14 *le dispensaire:* établissement où des malades sont soignés sur place (sans hospitalisation) — 17 *la livraison:* envoi — 17 *mystérieusement:* on ne peut expliquer comment — 18 *le lait s'est tari:* Sukhéna ne peut plus allaiter son bébé, elle n'a plus de lait — 19 *la bouillie:* farine qu'on a fait bouillir dans de l'eau — 20 *la céréale:* p. ex. mil, riz, maïs — 20 *déficient:* pauvre, insuffisant — 20 *sous l'angle nutritif:* en ce qui concerne l'entretien et la croissance du corps — 22 *expédier:* envoyer — 23 *3e épouse:* 3e femme, cf. le phénomène de la polygamie — 24 *grâce au produit:* grâce au bénéfice — 25 *la sous-alimentation:* Unterernährung — 27 *«Famille et Développement»:* revue trimestrielle africaine d'éducation

le biberon: petite bouteille qui sert à allaiter les bébés — *la diarrhée:* Durchfall — *le décès:* mort — *allaiter:* nourrir avec du lait maternel

Sujets d'étude

1. L'article informe d'un scandale.
   Exposez les circonstances qui mènent à la mort du bébé de la journalière.

2. Contre qui la critique du rapport est-elle dirigée?

3. Comment le rapport fait-il ressortir les faits révoltants?

4. Prenez position face à la remarque finale du texte.

9 La plage et le briquet

Le Blanc en Afrique noire—
c'est aussi le touriste.

A la clientèle européenne dé-
5 sireuse de partir vers des pays
du Tiers-Monde, les com-
pagnies aériennes et les agences
de tourisme occidentales pro-
mettent des voyages de rêve.
10 D'après les organisateurs, ce
qui attend le touriste européen,
c'est le luxe, le confort,
l'amusement, le farniente, la
douceur d'un climat. Il ren-
15 contrera des Africains ouverts,
aimables, reconnaissants, hos-
pitaliers — bref, des amis.

Annotations

4 *désireux de:* qui veut, qui souhaite — 8 *occidental:* de l'Ouest de l'Europe — 13 *le farniente:* italien: fare = faire, niente = rien, donc: repos complet, presque paresse — 17 *bref:* enfin, en un mot —

Air Afrique: compagnie aérienne africaine interétats — *ravi:* très content

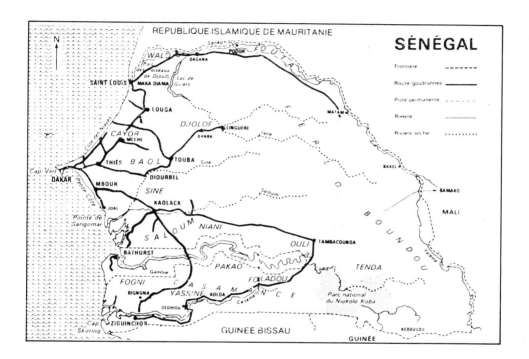

L'endroit

Venant de France en quelques courtes heures d'avion, j'ai eu à chaque fois en arrivant à Yoff le même sentiment de changer de planète. D'abord cette odeur spéciale, sucrée, aromatisée, indéfinissable qui vous prend à votre arrivée et ne
5 vous lâche plus. Cette chaleur douce aussi, et ce vent léger... Et cette foule bigarrée, ces grands Noirs pleins de rire, en boubous majestueux et colorés.

J'ai vu ces femmes noires à la beauté simple et sans artifice, j'ai vu leur démarche souple, au port de tête altier. Les yeux pleins de fierté avec un zeste de malice, sourire éclatant et boubous aux couleurs étonnantes, elles passent... [...]
10 J'aime le Sénégal, et son beau temps y est sûrement pour beaucoup, moi qui déteste la pluie, la grisaille et le froid.

Cap Vert, Petite Côte, Casamance, toutes les plages sont à coup sûr des lieux hautement privilégiés pour le bronzing, les bains, et le farniente. Et rien n'empêche

d'aller tenter la capture d'un espadon voilier. Beaucoup, accueillis de surcroît
15 dans des hôtels très confortables, trouveront dans tout cela la joie qu'ils recher-
chent. D'autres, comme moi, animés d'un solide désir de découverte, voudront
en savoir davantage.

J'ai d'emblée quitté Dakar et plongé vers la brousse. [...] Tout en roulant
ou plutôt tressautant avec ma 2 CV à travers la forêt et la savane déserte, je voyais
20 venir à moi, comme par magie, là un homme, là une femme, là un groupe d'enfants, saluant du bras et souriant.

J'ai découvert à ce moment l'un des aspects les plus troublants du Sénégal.
Je me suis arrêté au pied d'un arbre, seul dans le grand silence. Et ce silence s'est
peu à peu peuplé d'abord de bruissements, et du chant de quelques oiseaux. Puis
25 j'ai perçu, là-bas, derrière les arbres et les hautes herbes, comme irréels, des
appels, des rires, des chants, et même le rythme d'un tam-tam...

Joueurs de tam-tam

Car un village était là, caché sous les baobabs, tapi dans la brousse, dissimulé
derrière des monticules d'arachides... Invisible et présent! Je suis allé le voir,
j'ai dit «Salem Aleykoum». On m'a répondu «M'aleykoum Salem» et j'étais déjà
30 l'hôte, l'ami. Longuement j'ai parlé avec les villageois, de leur famille, de la
mienne, de la France toujours présente, de tout et de rien. Ecoutée comme cela,
la vie est belle, très belle ... et si simple!

L'hospitalité n'est pas seulement un mot, et le simple geste amical est un
service rendu, et non pas dû. Je me souviens de ce Noir grand et fort, en uniforme,
35 rencontré en pleine brousse quelque part entre Kaolack et Thiès, qui m'a demandé
avec hésitation, et une humilité touchante, si je pouvais l'emmener avec nous
à Dakar, son moyen de transport lui ayant fait défaut. Pendant les quatre heures
de trajet, il n'a cessé de louer notre gentillesse et notre compréhension; notre geste
bien naturel ne nécessitait certes pas à nos yeux une infinie reconnaissance...
40 A l'arrivée, il me donna sa carte; sous son nom, sa profession: «Chef général de
la police de Dakar»... Ainsi sont les Sénégalais...

Au Sahel: victime de la sécheresse

Du Cap Vert au fond du Sahel, du Siné Saloum aux rives luxuriantes de la
Casamance, jamais un visage fermé, envieux ni hostile. Leur nonchalance n'est
autre chose que ce calme naturel que nous avons oublié, emportés que nous
45 sommes par notre civilisation trépidante et agitée...
Ces gens-là aiment leur famille, leur village, leur pays. Ils savent vous ouvrir
leurs bras et leurs cases comme à leurs proches, simplement parce que vous vous
êtes penché vers eux (je devrais presque dire élevé jusqu'à eux). Alors, comme moi,
quand vous visiterez pour la première fois l'île de Gorée, en face de Dakar, et
50 que vous entrerez dans la trop célèbre «Maison des Esclaves» vous imaginerez
sans peine ce qu'a pu être le martyre de ces êtres doux, heureux de vivre et tournés
vers les autres, ramenés par l'homme dit «civilisé» à l'état de bétail et de marchandise ... Et il n'y a que 200 ans! C'était hier. [...]
Où que vous dirigiez vos pas, dans la grande ville comme dans la brousse,
55 la forêt ou la savane, que vous rencontriez des Peuhls, ou des Toucouleurs,
des Wolofs ou des Diolas, vous êtes assurés de rencontrer partout les mêmes

dons d'amitié, le même sourire, la même main tendue et la même pureté dans la simplicité. A condition, bien sûr, de savoir partager.

Et, comme moi, vous comprendrez pourquoi Léopold Senghor, ancien chef
60 d'Etat et grand poète, parce qu'il était issu d'un petit village de ce pays, a su si profondément chanter la «Négritude».

Extrait de: André Arnoux, Le pays du sourire africain,
dans: Le Magazine de Voyage Conseil

Arbre majestueux: le baobab

Annotations

1 *l'endroit* (m.): le beau côté, le côté qui doit être vu — 3 *Yoff:* aéroport de Dakar — 4 *indéfinissable:* qu'on ne saurait expliquer — 5 *lâcher:* contraire de: saisir — 6 *bigarré:* multicolore — 7 *l'artifice* (m.): ici: artifice de toilette (Schönheitsmittel) — 7 *la démarche:* façon de marcher — 8 *souple:* agile — 8 *le port de tête:* ici: manière dont une personne se présente, manière de tenir la tête — 8 *altier:* fier — 8 *le zeste:* un peu — 9 *la malice:* disposition naturelle de faire des farces, de se moquer (sans être méchant) — 10 *y être pour beaucoup:* y contribuer beaucoup — 11 *la grisaille:* gris triste — 12 *le Cap Vert:* presqu'île de Dakar — 12 *la Petite Côte:* au sud du Cap Vert — 12 *la Casamance:* région chaude et humide (1 800 mm de pluie par an) située au sud du fleuve Gambie et au sud du Sénégal — 12 *à coup sûr:* certainement — 13 *pour le bronzing:* pour le bronzage, pour obtenir une peau brunie par le soleil — 14 *la capture:* action de s'emparer — 14 *l'espadon voilier:* Schwertfisch — 14 *de surcroît:* en plus — 18 *d'emblée:* du premier coup — 18 *Dakar:* capitale du Sénégal (650 000 habitants) — 19 *tressauter:* s'agiter brusquement de tous ses membres; ici: la voiture est secouée de partout — 19 *la 2 CV:* la petite Citroën — 20 *la magie:* pouvoir surnaturel — 22 *troubler:* faire perdre le jugement — 24 *peupler:* remplir — 24 *le bruissement:* bruit faible — 25 *percevoir:* saisir par les sens, ici: entendre — 26 *le tam-tam:* sorte de tambour qu'on frappe avec la main — 27 *le boabab:* un des plus grands arbres de la savane, qui supporte le climat très

sec (Affenbrotbaum) — 27 *se tapir:* se cacher — 27 *dissimuler:* cacher — 28 *le monticule:* petit mont — 28 *l'arachide* (f.): Erdnuß — 29 *Salem Aleykoum:* interj. (de l'arabe) bonjour — 29 *M'aleykoum Salem* réponse à la salutation traditionnelle signifiant «avec vous, la paix» — 35 *Kaolack:* 100 000 habitants, capitale de la région du Sine Saloum (région très sèche et très chaude) — 35 *Thiès:* 90 000 habitants, ville desservie par le chemin de fer Dakar-Niger — 36 *touchant:* qui émeut le cœur — 37 *faire défaut* (m.): manquer — 38 *le trajet:* voyage — 39 *certes:* assûrément, certainement — 40 *la carte:* carte de visite — 42 *le Sahel:* (nom arabe qui signifie «bordure») zone très sèche qui borde le Sahara vers le sud — 42 *le Sine-Saloum:* région au nord de la Gambie, capitale: Kaolack — 42 *la rive:* bord d'une rivière, d'un fleuve — 42 *luxuriant:* abondant, riche — 43 *de la Casamance:* du fleuve Casamance — 45 *trépidant:* agité — 47 *le proche:* qui est de la famille: parents, cousins — 48 *se pencher:* baisser le haut du corps — 49 *Gorée:* île située en face de Dakar, devenue tristement célèbre par la traite négrière — 50 *la Maison des Esclaves:* maison dans laquelle les trafiquants entassaient les esclaves avant leur transport en Amérique — 55 *le Peuhl:* membre d'une ethnie peuplant la zone Sahélienne de l'Afrique, du Sénégal au Cameroun. Essentiellement éleveurs de bœufs, les Peuhls pratiquaient à l'origine un élevage nomade. L'élevage demeure leur activité principale bien que beaucoup d'entre eux se soient fixés — 55 *le Toucouleur:* vit dans la région située au sud du cours moyen du fleuve Sénégal. Islamisés dès le XIe siècle, ayant une forte culture islamique et arabe, les Toucouleurs forment une société très hiérarchisée — 56 *le Wolof:* membre de l'ethnie la plus répandue au Sénégal; les Wolofs ont donné au pays sa principale langue véhiculaire — 56 *le Diola (Dyola):* membre de l'ethnie qui peuple la Casamance — 59 *Senghor, Léopold Sédar:* homme d'Etat et écrivain, né à Joal en 1906, premier président de la République (1960–1980) — 61 *la Négritude:* rassemblement de toutes les valeurs spécifiques des Noirs; volonté de redressement et de fierté; la civilisation négro-africaine à proprement parler; Senghor est le poète de la Négritude

Léopold Sédar Senghor

Bon à savoir

Vêtements de toile, de coton, légers et aérés (proscrivez le nylon), quelques lainages pour les soirées fraîches. Pour la brousse, «jeans» préférables aux shorts ou jupes courtes.

5 A la tombée de la nuit, manches longues (c'est l'heure privilégiée du repas des moustiques).

Si vous visitez un village, saluez les personnes présentes, et n'hésitez pas à engager la «palabre». Les petits cadeaux dont vous serez muni (briquets-réclame, porte-clés et stylos à bille) faciliteront les contacts. En ville, les pourboires sont très bien acceptés.

10 Pour vos achats, le marchandage est institutionnel. Il a un rituel: le vendeur part d'un prix ridiculement haut ... vous contre-proposez un prix ridiculement bas et, après une longue discussion émaillée (très important), de demandes des nouvelles des familles respectives, vous obtiendrez ce que vous voudrez à un prix très intéressant.

Vous pouvez acheter: des boubous superbes, des bijoux d'argent, des sculptures de
15 bois, des sacs en serpent ou crocodile.

Beaucoup de plats régionaux exquis.

Beaucoup de fruits: mangues, bananes, oranges, cocos, papayes, goyaves, pamplemousses.

Le Magazine de Voyage Conseil

Annotations

1 *bon à savoir:* qui vaut la peine d'être connu — 2 *aéré:* luftig — 2 *proscrire:* éviter, rejeter catégoriquement — 2 *les lainages* (m.): *vêtements tricotés avec de la laine* — 8 *la palabre:* causerie, conversation assez longue — 8 *être muni de qqch.:* avoir qqch. sur soi, avec soi — 9 *le pourboire:* petite somme d'argent donnée par l'acheteur au vendeur, en plus du prix fixé — 10 *le marchandage:* Feilschen — 10 *institutionnel:* essentiel, fondamental, important, usuel — 12 *émaillé:* sens propre: recouvert d'émail, sens figuré (ici): parsemé, mélangé de; dans la conversation sur l'achat de l'objet se trouvent quelques phrases à propos de la famille, phrases qui plaisent, qui rendent le dialogue plus agréable comme l'émail rend plus beau (plus plaisant) un plat de métal qu'il recouvre — 17 *le coco:* noix de coco

Sujets d'étude

1. Donnez un résumé des faits exposés dans le rapport
   a) concernant le pays du Sénégal,
   b) au sujet de l'homme sénégalais.

2. Le visiteur a des sensations diverses.
   Quelles impressions se réfèrent
   a) à la vue,
   b) à l'ouïe,
   c) à l'odorat,
   d) au goût,
   e) au toucher?

3. L'auteur déclare son amour pour le Sénégal;
   qu'est-ce qui, dans son article, évoque pour le lecteur une telle affection?

4. Quels conseils l'article et la colonne «Bon à savoir» donnent-ils au touriste sur ce qu'il convient de faire au Sénégal (concernant son comportement et sa manière d'agir)?

L'envers de la médaille

Le commentaire suivant pris dans la revue «*Développement et Coopération*» dessine une image du tourisme bien différente de celle présentée par le magazine de «*Voyage Conseil.*»

5 Les parents et les adultes, dans les centres touristiques, s'adaptent à cette nouvelle situation et font des affaires avec l'étranger; mais pour beaucoup de ceux qui appartiennent à cette génération, les valeurs traditionnelles, les liens religieux, les racines de leur propre culture sont encore solides et capables de résister à l'influence des Blancs par une force intérieure, surtout là où le tourisme
10 de masse n'a commencé qu'au cours des dix dernières années. On y fait des affaires, on y vend des souvenirs, mais pas d'âmes. Les adultes conservent leurs distances à l'égard des étrangers dont la manière d'être et d'agir leur demeurent incompréhensibles. Ils admettent de leur part un certain relâchement, qui laisse aux adultes le sentiment de leur propre supériorité et leur permet même de
15 mépriser l'attitude bizarre des touristes arrivés par la voie des airs.

Il en va tout autrement des enfants, qui grandissent dans les hauts lieux du tourisme et à leur périphérie. Ils n'ont pas de critères propres pour jauger l'étrangeté, la nouveauté, l'aspect incompréhensible des touristes. A bien des égards les enfants sont à la merci du tourisme. [...]

20 Les touristes arrivent de l'ouest par avion, en grand nombre. Leur comportement, leur démarche respirant la richesse concordent absolument avec les idées
que s'en faisaient déjà les enfants. A la manière d'une éponge sèche trempée
dans l'eau, ils assimilent les valeurs et les critères du monde industrialisé.

L'adaptation est la première conséquence, qui se manifeste surtout dans la
25 manière de se vêtir. Dans le monde entier, les blue-jeans sont devenus le symbole
du mode de vie occidental. Les lunettes de soleil font partie des accessoires in-
dispensables. Là où ces objets et ces vêtements ne sont pas vendus sur place ou
sont trop chers, les enfants et les jeunes les mendient aux touristes. D'une façon
générale, dans bien des pays les touristes suscitent chez les jeunes une mentalité
30 de mendiants qui est sans parallèle dans l'histoire de ces peuples.

[...] Chez les jeunes, la mendicité ne se limite pas à l'argent ou à des cadeaux
tels que briquets, stylos ou canifs, elle inclut aussi l'adresse du touriste. Ils espèrent
en effet que le nom et l'adresse pourront donner accès au monde lointain de la
prospérité. La question suivante est alors de savoir si l'étranger pourrait aider à
35 trouver un job ou une place d'étude dans son pays d'origine. Tout cela entraîne
l'orientation vers le pays du touriste et l'aversion intime pour le sien propre.
Brain drain, l'évasion des cerveaux qui abandonnent un pays en développement
pour se réfugier dans un pays industriel, s'explique par cette mentalité. A ce point
de vue, le tourisme n'apporte donc pas une innovation dont le pays d'accueil
40 profite, il crée une diversion.

Les enfants et les adolescents ne mettent pas longtemps à découvrir les aspects
commerciaux du tourisme; aux alentours de l'hôtel et du bungalow les enfants
travaillent dur. Que ce soit comme cireur de chaussures, porteur, ou camelot
ou prostituée — il n'y a pas de secteur professionnel où des enfants ne soient
45 pas représentés. La prostitution est entendue ici comme notion collective: faire
des avances avec des marchandises et des services, s'offrir avec son propre corps.
Surtout dans les pays où le tourisme est prospère, les filles de onze à douze ans
commencent déjà à contribuer par la prostitution à leur propre subsistance et
à celle de leurs familles. [...] On ne peut que faire des hypothèses sur les dégâts
50 psychiques et sanitaires — jusqu'à présent il n'y a guère eu d'étude scientifique
concernant les incidences du tourisme sur les enfants.

Le commerce du corps et de marchandises entre enfants et touristes entraîne
l'adoption de types de comportement. Il est typique qu'un garçon abordant des
touristes à peine débarqués se vante d'avoir un ami en Europe pour bien faire
55 comprendre qu'il a déjà de l'expérience et des relations, dans l'espoir évident
que cela accroîtra son prestige parmi les touristes. «C'est mon ami de Hambourg»,
et le voilà déjà en train de sortir de sa poche une adresse toute froissée, une carte
de visite, une photo attestant des contacts antérieurs. Il se peut que le touriste
individuel veuille réagir plus humainement, plus honnêtement que les autres.
60 Pourtant, chaque nouvel arrivant dans le pays d'accueil se glisse dans les idées
préconçues des autochtones, dans les clichés que ses prédécesseurs ont depuis
longtemps contribué à créer.

Extrait de: Karl Rüdiger Siebert, Les Enfants et le Tourisme dans le Tiers Monde

Annotations

7 *le lien:* ce qui attache, ce qui fait tenir ensemble — 8 *la racine:* lien avec les origines — 12 *demeurer:* rester — 13 *admettre:* tolérer — 13 *le relâchement:* ici: décadence de mœurs — 15 *mépriser:* contraire de: estimer — 15 *bizarre:* incompréhensible, un peu fou — 15 *par la voie des airs:* par avion — 16 *le haut lieu:* centre — 17 *jauger:* mesurer — 19 *à la merci de:* sous la dépendance de — 21 *la démarche:* allure, manière de marcher — 21 *respirer:* exprimer, marquer — 21 *concorder:* correspondre — 23 *assimiler:* adopter, prendre pour soi — 24 *se manifester:* se montrer — 25 *se vêtir:* s'habiller — 26 *indispensable:* tout a fait nécessaire — 28 *mendier:* tendre la main pour que l'autre donne qqch. — 29 *susciter:* déclencher, provoquer — 30 *le mendiant:* celui qui mendie, qui demande des aumônes — 31 *la mendicité:* action de mendier — 32 *le canif:* petit couteau de poche — 33 *l'accès* (m.): entrée, approche — 37 *l'évasion* (f.): fuite, émigration — 37 *le cerveau:* ici: intellectuel — 40 *la diversion:* changement plutôt agréable dans une situation difficile et triste — 43 *le cireur de chaussures:* Schuhputzer — 43 *le porteur:* celui qui porte des valises, des sacs etc. (pour de l'argent) — 43 *le camelot:* vendeur de produits bon marché et de médiocre qualité — 45 *la notion collective:* idée générale — 46 *l'avance* (f.): première démarche faite en vue d'une affaire — 47 *être prospère:* aisé, riche; ici: le tourisme est important — 48 *la subsistance:* moyens pour continuer à vivre — 49 *le dégât:* dommage — 50 *sanitaire:* en ce qui concerne la santé — 51 *l'incidence* (f.): conséquence — 53 *aborder qqn.:* s'approcher de qqn., s'adresser à qqn. — 54 *débarquer:* quitter le navire, l'avion — 56 *accroître:* augmenter — 57 *froisser:* plier dans tous les sens — 58 *attester:* prouver — 58 *antérieur:* déjà existant — 61 *préconçu:* vorgefaßt — 61 *l'autochtone* (m.): indigène, habitant d'origine — 61 *le prédécesseur:* ici: le touriste qui a visité le pays avant un autre

Sujets d'étude

1. Résumez brièvement ce que le texte vous apprend à propos de l'influence du touriste blanc sur les jeunes, influence qui est différente de celle exercée sur l'Africain adulte.

2. Expliquez le titre choisi «l'envers de la médaille» en montrant et le profit que le visiteur blanc tire de son séjour et les conséquences du tourisme sur les enfants.

3. Dites dans quelle mesure l'énoncé suivant formulé par un représentant du Ministère du Tourisme de Dakar reflète, lui aussi, «*l'endroit et l'envers de la médaille?*»

Pays libre, pays indépendant, pays noble, pays traditionnellement socialisant, le Sénégal a toujours craint l'arrivée massive de touristes gouailleurs déferlant en bataillons, cigare aux lèvres, accoutrés de fringues agressives et bardés d'appareils photographiques à objectifs surdimensionnés.

Nul n'ignore cependant qu'une action touristique bien menée engendre une arrivée de devises
5 *non négligeable.*
Parmi les projets les plus ambitieux et les plus originaux, on ne peut éviter de mentionner la part faite au «tourisme intégré», une prestation de service d'un type nouveau qui consiste à rapprocher les masses rurales des touristes occasionnels.
Le principe est tout à fait judicieux. Pour tenter d'effacer l'a-priori défavorable des villageois
10 *qui flairaient un piège dès qu'un non-africain (et plus particulièrement un homme de race blanche) posait le pied sur son territoire, le gouvernement a encouragé l'installation de «campements» construits et gérés par les communautés rurales. Les installations permettent au visiteur avide de découvertes, de contacts humains et d'originalité de profiter d'un hébergement à des conditions de prix abordables et de pénétrer davantage la réalité du monde africain.*

15 *Extrait de: Momar Talla Cissé, Vers une nouvelle définition touristique*

Annotations

1 *socialisant:* qui met l'accent sur les réalités sociales — 2 *gouailleur:* qui montre un esprit railleur, qui se moque des autres — 2 *déferler:* arriver en grand nombre très brusquement — 2 *en bataillons* (m.): en masses — 3 *accoutré:* habillé de façon bizarre — 3 *les fringues* (f.): mot argotique pour «habits» (»Klamotten«) — 3 *bardé:* couvert de partout et en quantité — 3 *surdimensionné:* plus grand que normal — 4 *engendrer:* avoir pour effet — 7 *la prestation de service:* Dienstleistung — 7 *rapprocher qqn. de qqn.:* mettre qqn. en contact avec qqn. — 8 *les masses* (f.) *rurales:* population qui vit en (pleine) campagne (en général agriculteurs) — 8 *occasionnel:* sporadique, ne se produisant pas régulièrement — 9 *judicieux:* raisonnable, intelligent — 9 *l'a-priori* (m.): jugement donné avant toute expérience — 10 *flairer un piège:*

avoir des soupçons, soupçonner qqn de mauvaises intentions — 11 *le campement:* hôtel simple à mobilier et installations rudimentaires, hébergement simple — 12 *gérer:* diriger, faire fonctionner — 12 *être avide de qqch.:* désirer qqch. très fortement — 14 *abordable:* contraire de: trop cher, (à un prix moyen)

4. Le représentant du Ministre du Tourisme parle d'une «*arrivée de devises non négligeable*» et du projet de «*rapprocher les masses rurales des touristes occasionnels*».
Pour qui, d'après vous, le tourisme est-il une affaire profitable?
Croyez-vous qu'un «*tourisme intégré*» soit possible?

5. Jugez ce que les dessinateurs veulent exprimer par leurs caricatures.

le Blanc au pays des Noirs
le Noir au pays des Blancs

„Gebt ihnen etwas Geld, damit sie uns einen ihrer Stammestänze zeigen!"

69

10 Le rêve et le cauchemar

Ce chapitre traite du Noir qui est au pays du Blanc. Plus d'un million et demi d'Africains vivent en France, dont environ cent mille sont originaires d'Afrique noire.

Voici l'interview d'une Malienne qui, avec sa famille, vit en France depuis cinq ans.
5 Etrangère, prise entre deux cultures, elle nous raconte sa vie:

«Les gens ne sont pas très gentils ici»

«Mon mari est en France depuis 9 ans. Il est cuisinier dans une école maternelle. Je me rappelle, le jour où il m'a dit de me préparer à venir en France. Ah j'étais contente! Parce que tu sais, je l'aimais bien lui, mais je l'aimais encore plus parce 10 qu'il était en France. Je croyais que la France c'était comme au paradis. Personne ne m'avait rien dit sur la vie ici. Même mon mari ne m'avait rien dit. Regarde où nous habitons. Même la cuisine de ma mère à Kayes est plus grande. Et cela fait cinq ans que nous habitons ici. La nuit je mets un matelas dans la cuisine pour les enfants. Mon mari a fait des demandes pour avoir un nouveau logement, à 15 la mairie, où il travaille. Il n'y a toujours rien. On paye 17.000 F CFA de loyer

et 3.500 F CFA de charges, et on n'a même pas l'eau chaude. Quand il pleut, le lit est mouillé. Et tu vois le mur? Touche-le! Tu crois avoir de la sueur sur ta main. C'est toujours comme ça, et les enfants toussent tout le temps. Il y a autre chose qui est très dur. C'est que tu es toujours seule. Au début, je pleurais tout
20 le temps, quand mon mari partait au travail. Je n'avais personne pour parler avec. J'avais mon dernier enfant, il avait neuf mois. Je ne sortais pas beaucoup. J'allais seulement au marché. J'avais peur de la rue. Je ne parlais pas un mot de français.

Et maintenant?

25 Maintenant c'est un peu mieux. Je connais des femmes dans le quartier, mais pas beaucoup. Comme on a toutes des enfants à l'école, on se voyait à quatre heures et demie. On s'est parlé. [. . .]

Est-ce votre mari qui vous a appris le français?

Non. Lui-même ne sait pas très bien le parler. C'est mon amie antillaise qui
30 m'a dit qu'il y avait dans le quartier un centre social. Les femmes vont là-bas apprendre à lire et à écrire. Si elles veulent, on leur apprend la couture et le tricot. Je suis allée là-bas.

Comment passez-vous vos journées?

Comme toutes les autres femmes. Je fais le ménage, je m'occupe de mon mari
35 et de mes enfants. Il faut se lever très tôt, parce que mon mari doit être à son travail avant 7 heures. Et puis une femme ne doit pas rester à dormir tard. Après, je prépare les enfants et je les emmène à l'école, puis je fais le ménage. Comme c'est très petit, tu es toujours là à plier les vêtements et à ranger les affaires. Ensuite, je vais au marché. Lors de mon arrivée en France, je n'aimais pas du tout l'après-
40 midi, surtout en hiver. Je n'avais rien à faire et je restais là à regarder. Je pensais à ma maison à Kayes où il y avait tellement de gens. Maintenant je vais au centre, ou je vais bavarder chez l'une de mes amies.

Est-ce que les problèmes que vous rencontrez ici sont très différents de ceux d'une mère de famille à Kayes?

45 Oh oui! Ici le grand problème, c'est les enfants. C'est un problème pour moi, un grand problème. Tu vois, ici, le mari, il part à 6h du matin, il revient le soir, il mange. Après, il te dit, «Je vais voir les amis au café». Le dimanche, il te dit: «Je vais jouer au tiercé». En Afrique, il y a toujours quelqu'un pour te conseiller, pour t'aider. Ici, tu dois te débrouiller toute seule. La maman est trop loin, le
50 papa aussi.

Tu dois décider de tout, toi la femme. Mais toi-même tu as tellement de problèmes dans ce pays . . . tu es dépassée par les problèmes. Il faut s'occuper de tout pour le mari, pour les enfants. Toi-même, tu ne connais pas très bien le monde qui t'entoure. Et tu dois élever des enfants, tu dois les guider dans la rue. Par exemple,
55 mes enfants ne parlent pas très bien le bambara. Et moi, je ne sais pas si je dois les élever comme au Mali ou comme en France. Si je les élève comme les petits Français, ils ne vont rien connaître de leur pays, sa langue, ses coutumes, des gens. Mon fils, qui va à l'école maternelle, me demande pourquoi je n'ai pas les cheveux comme sa maîtresse! Si on rentre au Mali, ils auront du mal à vivre
60 là-bas. Mais est-ce que je peux les élever comme au Mali? Ici, tout le monde

parle français, on ne fait rien comme au Mali. Si nous parlons bambara, ils ne pourront pas suivre à l'école, ils auront beaucoup de problèmes. Et puis maintenant moi je ne suis plus d'accord avec tout ce qu'on fait au Mali. Ici, les garçons aident à la cuisine, mais au Mali, cela ne se fait pas. Et puis tu sais je ne veux pas
65 qu'on pratique l'excision sur ma fille.

Qu'est-ce que votre mari pense de tout cela?

Tu sais, le mari, il te donne l'argent du ménage à la fin du mois, et pour lui, les problèmes sont réglés. Ici, c'est moi qui décide, de 6h du matin à minuit. Ce n'est pas très bon que la femme décide comme ça, mais qu'est-ce que tu veux,
70 mon mari est venu ici pour gagner de l'argent, il fait des heures supplémentaires. Moi je ne le vois pas beaucoup, les enfants non plus. Quelqu'un doit décider, alors c'est moi.

Est-ce que vous avez beaucoup de problèmes financiers?

Oh oui. Beaucoup ... Si on n'avait pas autant de problèmes, j'aurais cherché
75 un logement plus grand. Mais mon mari seul travaille. Il doit envoyer de l'argent à sa famille et à ma famille. Tout l'argent qui reste, on le mange. Et puis les enfants sont malades tout le temps à cause du froid. Il faut acheter des médicaments et des vêtements chauds. Mon mari travaille beaucoup, il fait des heures supplémentaires, malgré cela on ne peut pas faire des économies. C'est pareil depuis
80 qu'on est en France, nous n'avons pas d'argent. Vraiment, je te le dis, ça c'est pas une vie.

[...]

Est-ce que vous avez des relations avec les Français?

Moi, depuis que je suis en France, les seuls Français avec qui j'ai parlé, ce sont
85 l'institutrice ou les bureaucrates à la mairie, à la Caisse des allocations familiales ou au bureau de la Sécurité sociale. C'est vrai que je ne comprends pas bien le français, mais cela tient aussi au fait que les gens ne sont pas très gentils ici. Dans la rue, quand tu demandes un renseignement, on ne te répond même pas, ou on te donne un faux renseignement pour te fatiguer encore plus. L'autre jour
90 au marché, j'ai demandé des oranges. Cela ne faisait pas exactement un kilo. Le vendeur voulait que je paye le même prix que pour un kilo, j'ai protesté, alors il m'a dit: «Si tu n'es pas contente, tu n'as qu'à retourner chez toi.» Pour les hommes, c'est encore pire. Tu as vu comme on les contrôle et comme on les fouille dans le métro? C'est à croire qu'ils sont des bandits ou des voyous.

95 *Pensez-vous rentrer au Mali bientôt?*

Ce n'est pas moi qui décide. Si cela dépendait de moi, je rentrerais demain. Mais là-bas, c'est aussi difficile. C'est toujours le même problème: il faut de l'argent. Et nous, nous n'avons pas un sou. Les gens là-bas croient que nous avons beaucoup d'argent. C'est pour cela que la vie là-bas est encore plus dure
100 quand on a déjà vécu en France. Et puis il y a les enfants. On veut qu'ils fassent de bonnes études, pour avoir des diplômes. Tu sais, là-bas sans diplôme, c'est comme zéro. [...]

Oui, nous voulons bien rentrer au Mali, mais je crois qu'on va encore attendre.

Propos recueillis par Codou Bop
Article paru dans: «Famille et Développement»

Annotations

1 *le cauchemar:* mauvais rêve — 4 *la Malienne:* femme originaire du Mali (république de l'Afrique occidentale, s'étendant sur l'ancien territoire du Soudan français), 1 204 000 km², 5 100 000 habitants, capitale:
Bamako — 12 *Kayes:* ville située à l'ouest du Mali, 32 000 habitants — 15 *17 000 F CFA:* = 340 FF
— 16 *les charges* (f.): dépenses supplémentaires pour le logement, p. ex. frais d'électricité, chauffage etc. — 17 *mouillé:* contraire de: sec — 17 *la sueur:* liquide qui sort par les pores de la peau quand on
a très chaud — 18 *tousser:* husten — 29 *l'Antillais(e):* personne originaire des Antilles (archipel séparant
l'océan Atlantique de la «méditerranée américaine»); les «îles du Vent» appartiennent à la France: la
Guadeloupe, la Martinique, la Désirade et Marie-Galante — 42 *bavarder:* parler de choses sans grande
importance — 48 *le tiercé:* jeu de hasard très répandu en France: il faut prévoir les trois premiers chevaux
dans une course — 49 *se débrouiller:* trouver le moyen d'arriver au bon résultat même si c'est difficile —
55 *le bambara:* langue des Bambaras (ethnie, 1 000 000, qui peuple le centre-ouest et le sud-ouest du Mali),
langue qu'utilisent aussi les commerçants itinérants (dioula) — 65 *pratiquer l'excision* (f.): couper un
morceau de l'organe sexuel des filles — 75 *mais mon mari seul travaille:* mais seul mon mari travaille —
76 *manger:* ici: dépenser — 79 *faire des économies* (f.): économiser, épargner, mettre de l'argent de côté —
94 *fouiller:* ici: contrôler — 94 *le voyou:* homme qui fait le mal — 104 *les propos:* paroles échangées dans une
conversation — 104 *Codou Bop:* journaliste africaine qui a travaillé parmi les immigrés en France et qui
a mené une enquête sur le problème de l'immigration

Sujets d'étude

1. La Malienne dit qu'elle aimerait rentrer en Afrique. Que donne-t-elle comme raisons?

2. Elle dit aussi *«mais je crois qu'on va encore attendre»*. Qu'est-ce qui s'oppose à la
   réalisation de son désir?

3. Examinez le langage de la Malienne.

4. Jugez le cas présenté dans l'interview et comparez-le avec le sort des familles d'autres
   ouvriers immigrés (p. ex. avec la vie d'une famille turque en Allemagne).

5. Quelle est la situation de l'ouvrier noir en France telle que Plantu la voit dans sa
   caricature? (voir p. 74)

6. Après l'étude des conditions de vie et de travail des Africains en France, Codou Bop
   se pose la question suivante: *«N'assiste-t-on pas aujourd'hui à une nouvelle traite des
   Noirs?»*
   Prenez position et expliquez votre point de vue.

Un antre de bandits

(Extrait du roman «Kocoumbo, l'étudiant noir» de Aké Loba)

Kocoumbo a vécu jusqu'à vingt ans dans son village de la brousse africaine. Il a obtenu son certificat d'études et prouvé sa vaillance en tuant de sa main un énorme
5 sanglier. Encouragé par l'administrateur local, M. Gabe, son père décide de l'envoyer poursuivre ses études en France.

On imagine le dépaysement du jeune broussard!

Le voyage s'achevait. Bientôt ils allaient débarquer à Marseille. Kocoumbo avait pris toutes ses dispositions pour ce grand jour où il devrait affronter cette
10 inquiétante ville, désignée par M. Gabe comme un antre de bandits. Donc, à partir du moment où il y mettrait les pieds, il s'interdirait tout repos et serait aux aguets. Malheur à celui qui ferait mine de l'approcher, il se rendrait vite compte à qui il avait affaire! «De la prudence et du réflexe», telle était la devise du jeune voyageur qui se promettait d'user d'autant de circonspection et d'intelligence que
15 lorsqu'il était seul au plus épais de la jungle. Face à la brute de Marseille, il saurait se défendre avec l'aide de ses ancêtres.

Sitôt mis le pied sur le quai, Kocoumbo, debout à côté de sa malle, le visage courroucé, se tint immobile, dans l'attente d'une agression.

Ne voyant rien venir, il se baissa, souleva sa lourde et volumineuse malle,
20 redoubla d'efforts et parvint enfin à la hisser sur son épaule.

Il s'engagea dans la première rue qui s'offrait. Il allait seul, et tellement absorbé par l'idée de sa propre protection qu'il avait perdu de vue ses camarades, les avait même oubliés. Il lorgnait avec dédain les chauffeurs de taxi en stationnement, prêt à jeter sa lourde malle sur quiconque l'aborderait.

25 Un taxi chargé de ses compatriotes le dépassa. Il le regarda s'éloigner avec effroi et pitié, accéléra son allure. Son visage ruisselait de sueur, les veines de son cou saillaient; il tressaillait au moindre frôlement et une espèce de rage muette le prenait à la vue de la foule qui s'écoulait de tous côtés.

Un groupe d'hommes gesticulant et jacassant venait au-devant de lui. Il lui
30 sembla que leur rire et leurs éclats de voix le concernaient. Il se retourna pour toiser de haut l'un d'entre eux avec toute la férocité dont il était capable.

Il se remit en marche; de temps en temps il changeait avec peine son fardeau d'épaule... Il allait comme dans un songe, sans savoir où, bifurquait au hasard des trottoirs. Tous les bruits qui lui parvenaient accompagnaient sa marche de
35 fanatique comme une rumeur hostile.

Il crut entendre des huées s'élever d'un attroupement proche. De saisissement, il laissa glisser son chapeau entre ses doigts et le vent l'emporta. Un homme se détacha de la foule afin de le lui ramasser. Kocoumbo le regardait traverser la rue, hébété. Soudain il se mit à vociférer:

40 — N'approchez pas! Laissez mon chapeau! Je ne me laisserai pas faire!

Il fit un pas menaçant en avant. Interloqué, les yeux ronds, l'homme le regarda sans mot dire, puis haussa les épaules, posa le couvre-chef par terre et s'en alla en se retournant de temps à autre sur Kocoumbo. Celui-ci avait mis le pied sur le chapeau et surveillait l'inconnu qui s'éloignait. Lorsqu'il se fut perdu dans la
45 foule, le jeune homme se baissa, ramassa son feutre, en frotta les bords contre

son pantalon. C'est alors qu'il vit Nadan, Durandeau et Mou qui venaient à sa rencontre.

— Pourquoi n'as-tu pas pris un taxi? demanda Nadan. Kocoumbo eut un rire sardonique:

50 — Vous êtes naïfs, vous autres! On ne vous a pas avertis de ce qui se passe à Marseille, je vois!

Hors d'haleine, il s'assit sur sa malle, le chapeau accroché à son genou pointu, soulagé de se sentir entouré de ses compagnons qui caquetaient avec insouciance, tout à fait inconscients de la traîtrise de la ville. Il se mit à inspecter les passants.

55 Autour de lui la foule circulait, se bousculait, s'arrêtait près des étalages, assiégeait ses oreilles de son timbre méridional. L'attention de Kocoumbo fut tout à coup absorbée par la faconde d'un vendeur de pacotille. Les mots semblaient lui couler de la bouche, les syllabes se détachaient et restaient pourtant liées ensemble, soutenues par une armature chantante, tout à fait persuasive, accom-

60 pagnées de mouvements aisés de prestidigitateur. Kocoumbo écoutait avec les yeux et la bouche.

— Regardez, mesdames et messieurs! Approchez, mesdames et messieurs!

Mesdames-zé-messieurs! Les liaisons enchantaient Kocoumbo! Quel français limpide!

65 «Bandits ou non, ils savent parler français!», se dit-il.

— Allez, on repart. Tu vas te décharger de ta malle à l'hôtel. On ne peut visiter la ville avec un engin pareil!

Les quatre jeunes gens, se relayant pour porter la malle, arrivèrent à l'hôtel où ils avaient déjà retenu deux chambres et déposé leurs bagages. Kocoumbo

70 refusa de les suivre dans leur incursion à travers Marseille: il préférait se reposer.

Ses camarades partis, il accrocha son chapeau au mur et soupira, puis se dirigea d'un pas ferme vers la porte, secoua le battant pour s'assurer de sa solidité, le verrouilla, donna deux tours de clé, et mit celle-ci dans sa poche.

Il avisa le lavabo et alla s'arroser la tête d'eau tiède. Des douleurs aiguës lui

75 parcouraient les épaules. Une écorchure au bout de son oreille gauche saignait. Il arracha un petit bout de savon avec son ongle, l'appliqua sur sa blessure et revint s'affaler sur le lit moelleux. Son corps s'enfonça sur sa couche comme sur un tas de coton: une sensation d'euphorie l'envahit et il ne tarda pas à sombrer dans un profond sommeil.

Annotations

1 *l'antre* (m.): caverne, retraite de bêtes féroces — 2 *Aké Loba:* écrivain ivoirien, né en 1927 près d'Abidjan; diplomate et homme politique — 4 *le certificat d'études:* C.E.P. = certificat d'études primaires — 4 *la vaillance:* courage — 5 *le sanglier:* cochon sauvage — 6 *poursuivre:* continuer — 7 *le dépaysement:* le fait d'être dérouté, désorienté par le changement de milieu, de contrée — 7 *le broussard:* personne originaire de la savane africaine — 8 *s'achever:* se terminer — 8 *débarquer:* quitter le navire — 12 *être aux aguets:* faire très attention à la moindre chose — 15 *la brute:* personne violente qui frappe facilement — 16 *l'ancêtre* (m.): membre de la famille qui a vécu autrefois — 17 *la malle:* très grande valise — 18 *courroucé:* en colère — 21 *s'engager:* ici: entrer — 23 *lorgner:* regarder du coin de l'œil — 24 *aborder:* s'approcher de qqn dans l'intention de lui parler — 25 *le compatriote:* homme du même pays — 26 *l'effroi* (m.): peur mêlée d'horreur — 27 *saillir:* sortir, faire une bosse — 27 *le frôlement:* bruit léger de qn. ou qc. qui

touche en passant rapidement — 28 *s'écouler:* passer — 29 *jacasser:* parler, bavarder beaucoup à voix assez haute — 31 *toiser:* considérer avec dédain — 32 *le fardeau:* charge, ici: la valise lourde — 33 *le songe:* rêve — 33 *bifurquer:* prendre une autre direction — 36 *la huée:* cri de moquerie — 36 *l'attroupement* (m.): rassemblement tumultueux — 36 *de saisissement:* soudainement très étonné — 38 *se détacher:* s'éloigner — 38 *ramasser:* aller chercher par terre — 39 *hébété:* stupide, apathique — 39 *vociférer:* parler fort avec colère — 40 *se laisser faire:* sich alles gefallen lassen — 41 *interloqué:* stupéfait, ébahi — 42 *le couvre-chef:* (fam. et par plaisanterie) chapeau — 45 *le feutre:* chapeau fait de feutre (Filz) — 46 *Nadan, Durandeau et Mou:* les compatriotes de Kocoumbo — 49 *sardonique:* qui est d'une ironie méchante, diabolique — 50 *avertir:* prévenir, informer — 52 *accrocher:* fixer — 53 *caqueter:* bavarder sans arrêt — 53 *avec insouciance:* sans se rendre compte du danger — 54 *la traîtrise:* perfidie — 55 *se bousculer:* se heurter, se pousser — 56 *assiéger:* entourer comme pour attaquer — 56 *le timbre:* ici: accent — 56 *méridional:* du Midi — 57 *la faconde:* éloquence, abondance de paroles (assez souvent inutiles et exagérées) — 57 *la pacotille:* marchandise de qualité inférieure — 59 *l'armature* (f.): soutien — 60 *le prestidigitateur:* personne qui amuse par des tours de prestidigitation, c'est-à-dire qui fait disparaître, changer de place des objets etc., sans que l'on sache comment — 64 *limpide:* clair, pur, brillant — 67 *l'engin* (m.): instrument — 68 *se relayer pour porter la malle:* porter la malle à tour de rôle (l'un après l'autre) — 69 *retenir:* ici: réserver — 70 *l'incursion* (f.): invasion — 72 *le battant:* porte, côté de la porte quand il y a deux parties — 73 *verrouiller:* verriegeln — 74 *aviser:* ici: apercevoir — 75 *l'écorchure* (f.): petite blessure — 77 *s'affaler:* se laisser tomber — 77 *moelleux:* doux au toucher — 78 *il ne tarda pas à sombrer:* il tomba bientôt profondément (comme un bateau qui s'enfonce dans l'eau profonde)

Sujets d'étude

1. Faites un résumé structuré: Dans quelles situations diverses l'extrait présente-t-il l'arrivant?

2. Présentez d'une façon détaillée le comportement du jeune Africain dans les rues de Marseille.

3. Montrez quel effet le vendeur de pacotille a sur Kocoumbo. Après quels efforts finit-il par trouver sa tranquillité?

4. Comment l'auteur décrit-il
   — l'atmosphère que le héros attend trouver à Marseille?
   — sa disposition à y réagir?
   — la phase du calme enfin trouvé?
   Etudiez les mots / expressions / phrases utilisés par l'auteur.

5. Avec «*un rire sardonique*», Kocoumbo dit «*Vous êtes naïfs, vous autres!*»
   Commentez ce jugement de Kocoumbo sur ses compatriotes compte tenu de sa propre attitude.

Indications des sources

Nous avons fait tout ce qui était en notre pouvoir pour contacter les auteurs des textes, explications, illustrations et photos contenus dans ce livre. Au cas où un oubli aurait été commis, nous prions les auteurs concernés de nous le faire savoir et nous nous tenons à leur disposition.

Textes

p. 5   Harouna Dramé, «L'Origine des Races», texte recueilli par Edyner Barboza, texte publié par l'ESLSH de l'Université de Ouagadougou 1981.

p. 6   «Yahvé vit que la méchanceté de l'homme . . .», passages tirés de la «Genèse» de l'Ancien Testament («Le Déluge»), «La Bible de Jérusalem», Desclée de Brouwer, Paris 1975, p. 22 ff.

p. 7   «Je vous remercie mon Dieu», poème de Barnard Dadié, «Bernard Dadié — Ecrivain ivoirien», Fernand Nathan Editeur, Paris 1978, p. 25.

p. 11   «Des Hommes comme les Blancs», extrait de la nouvelle «Tamango» de Prosper Mérimée, dans: «Théâtre de Clara Gazul, Romans et nouvelles», Editions Gallimard, Paris 1978, p. 481 ff.

p. 15   Citations Sujets d'étude 3: op. cit., p. 480 et p. 483, citation Joseph Ki-Zerbo, «L'Afrique n'est pas une éclaboussure de civilisation», dans «Bella international», Paris 1982, No 72, p. 18 f.

p. 16   «. . . Boukary Naba est du reste fort bien élevé», et «Depuis longtemps . . .», extraits pris dans «Naba Wobgho Boukary, l'Empereur Eléphant, ne désarma jamais» de Salfo Albert Balima, «Afrique Histoire», Dakar 1981, No 4, p. 10.

p. 19   «L'indépendance ou la mort!», extrait tiré de «Naba Wobgho Boukary, l'Empereur Eléphant» de S. A. Balima, op. cit., p. 11.

p. 20   «Le Mogho Naba avait dû reculer . . .», extrait tiré de Françoise Bretout, «Mogho Naba Wobgho — La résistance du royaume mossi de Ouagadougou», ABC Paris, NEA Dakar-Abidjan 1976, p. 75 ff.

p. 23   «L'Eau farinée», scène de la pièce radiophonique «L'Hospitalité» de Kambou Nakir, Ouagadougou 1981, Acte III, Tableau quatrième.

p. 26   «Le 'Schambock'», extrait tiré de la thèse de Bama Bapio Rosaire «L'Image de la Namibie dans les Récits et les Fictions littéraires allemands (1884—1914)», Tours 1980, p. 70 ff.

p. 28   «Les Allemands installèrent dans les différentes colonies . . .», (Sujets d'étude, 6.), extrait tiré du Mémoire de Maîtrise «La Colonisation allemande en Afrique de 1890 à 1904 d'après le Bulletin du Comité de l'Afrique Française (B.C.A.F.)», Mémoire présenté par Jean Kabré, Ouagadougou 1982, p. 129.

p. 29   «Le Verre d'eau», extrait du roman «Une Vie de boy» de Ferdinand Oyono, Julliard, Paris 1956, p. 157 f.

p. 32   «La Paquet de Marlboro», «Marlboro», dans: «Les Aventures de Fol-Boy», Abidjan 1982, No 2, p. 61 ff.

p. 38   «Pourquoi une Blanche», extraits du roman «O Pays, mon beau peuple» de Sembène Ousmane, Les Presses de la Cité, Paris 1957, p. 30 ff. et p. 42 ff.

p. 43 «Mariage en Noire et Blanc», dans: «L'Observateur», Ouagadougou 7/6/1982, No 2354, p. 6 ff.

p. 49 «Le Coopérant climatisé», extrait de F. S., «Croquis au vitriol», Jeune Afrique Paris 1982, No 1113.

p. 50 «Ces nouveaux Blancs sont les frères du Chef», extrait tiré de Jean Chatenet, «Petits Blancs, vous serez tous mangés», Ed. du Seuil, Paris 1970, p. 83 f., note biographique: couverture du livre.

p. 52 «Voulez-vous être le parrain d'un 'enfant-du-bout-du-monde' comme moi?», publicité pour «Aide et Action», 78/80 rue de la Réunion, 75020 Paris, parue dans: vsd (Vendredi-Samedi-Dimanche), Paris 13—20/7/1983, No 306, p. 5.

p. 53 «Monsieur le Consul», extraits de lettres, de la part du Pasteur de Kounda (R.H.V.) et de la part de l'Association Voltaïque pour le Bien-Etre Familial (1983) à l'adresse du Consulat Mülheim.

p. 56 «C'est ça, le développement?», extrait de l'article «Quand ceux qui ont faim» enquête publiée par «Famille & Développement», Paris 1979, No 19, p. 31.

p. 58 «C'est votre premier voyage en Afrique?», extrait pris dans la brochure de publicité «Si Air Afrique m'était conté . . .», brochure publiée par la compagnie «Air Afrique», sans date, p. 1.

p. 59 «L'Endroit», extraits d'un article «Le pays du sourire africain» (auteur: André Arnoux), dans: Le Magazine de Voyage Conseil, Paris 1983, p. 132 f.

p. 64 «Bon à savoir», ibid.

p. 65 «L'Envers de la Médaille», extrait d'un article de Karl Rüdiger Siebert, «Les Enfants et le Tourisme dans le Tiers Monde», dans: «Développement et Coopération» (édition française), Bonn 1980, No 4, p. 28 f.

p. 68 Momar Talla Cissé, «Vers une nouvelle définition touristique» (extrait), dans «Afrique Touristique» (Revue internationale économique et socio-culturelle), Dossier Spécial Sénégal, Paris 1980, No 2, p. 21.

p. 70 «Les gens ne sont pas très gentils ici», propos recueillis par Codou Bop «L'immigration, nouvelle forme d'esclavage», dans: «Famille & Développement», Paris 1979, No 18, p. 23 ff.

p. 75 «Un antre de bandits», extrait du roman «Kocoumbo, l'étudiant noir» de Aké Loba, Ed. Flammarion, Paris 1960, p. 72 ff., introduction: couverture.

Illustrations

Couverture: Jean-Claude Nourault: Abidjan. Ed. Librairie de France, Abidjan, p. 35
Couvertures intérieures: cartes dans: Joseph Ki-Zerbo, L'Histoire de l'Afrique Noire. Ed. Hatier, Paris 1972.

pp. 9, 13, 18,
20, 21, 22,
24, 25, 28,
30, 40, 54,
55, 60, 61,
65, 70   photos de l'auteur

p. 6   photo dans: Bernard Dadié — écrivain ivoirien. F. Nathan Ed., Paris 1978

p. 8   caricature de Siné, dans: Siné, Kreuzzug der Liebenswürdigkeiten. © 1960, 1963, 1965, 1968, Ed. Jean-Jacques Pauvert. Siné, Paris. Rechte an der deutschen Ausgabe bei C. Bertelsmann Verlag GmbH, München

p. 10   carte dans: Histoire 4e, Hatier 1975, p. 4

p. 11   gravure de 1865

p. 15   photo Electro-Photo-Riale, Ouagadougou

p. 16   photo dans: Afrique Histoire, 4/1981, p. 10

p. 21   reproduction d'un timbre voltaïque

p. 23   carte de l'auteur

p. 29   photo dans: Ferdinand Oyono. F. Nathan Ed., Paris 1964

p. 32—36   bande dessinée, parue à Abidjan, dans: «Les Aventures de Fol-Boy», no 2, 1982, pp. 61—65

p. 38   photo Top. Renaudeau, Atelier Pascal Verdu, dans: Sembène Ousmane, O Pays, mon beau peuple, Editions du Seuil, Paris 1957

p. 43   photo dans «Observateur», Ouadadougou, Haute-Volta

p. 48   caricature de Kaci, dans: Jeune Afrique, no 1113, Paris 1982, p. 31

p. 50   photo dans: Ginette Pallier, Géographie Générale de la Haute Volta, Limoges 1978

p. 56   photo dans: L. H. Aubry, Puériculture africaine, 1964

p. 57   illustrations de Roland Danaeyer, dans: Michael Noelke, Europe — Tiers Monde, le dossier de l'interdépendance, Bruxelles 1979, p. 104

p. 58   Publicité de «Air Afrique», 1982
p. 59   carte dans: Afrique Touristique, no 2, Paris 1980, p. 24

p. 62   photo dans: Institut National d'Education de Haute-Volta, Géographie de la Haute-Volta, Cours moyens, Edicef, Paris 1981, p. 18

p. 63   photo dans: Léopold Sédar Senghor. F. Nathan Ed., Paris 1978

p. 67   caricature dans: Famille et Développement, No. 27/1981, p. 61

p. 68   photo dans: «Auftrag» (Zeitung der Kooperation Evangelischer Kirchen und Missionen, Basel), Nr. 4, August 1982

p. 69   caricature de Plantu

p. 69   caricature de Heinz Pfister, dans «Auftrag», op. cit. caricature de Marcus, dans «Stern», 1976

p. 74   caricature de Plantu

F G H I ——————— K L M N